KB093304

설정식
선집

설정식
선집

곽명숙 엮음

현대문학

삼십대 무렵으로 보이는 설정식(사진 유족 제공)

설정식과 부인 김증연의
결혼식(1936년)

연희전문 졸업식에서 설정식과
그의 모친(1937년)

마운트유니언 대학 졸업 앨범에서
(1939년)

연희전문학교 학적부

연희전문 우등졸업과 유학 계획을
보도한 신문 기사

설정식 캐리커처

마운트유니언 대학 학적부

제1시집 『종』 겉표지(백양당, 1947년)

제1시집 『종』 속표지

제2시집 『포도』 겉표지(정음사, 1948년)

제2시집 『포도』 속표지

제3시집 『제신의 분노』 겉표지(신학사, 1948년)
(장정은 소설가 박태원의 아우이자 조선미술가동맹 서기장을 지낸 박문원이 맡음)

제3시집 『제신의 분노』 속표지

『하므렡』 겉표지(백양당, 1949년)

『하므렡』 속표지

「한 화가의 최후」(《문학》, 1948년)

『청춘』 표지(민교사, 1949년)

『청춘』삽화(《한성일보》), 1946년)

「프란씨쓰 두셋」삽화(《동아일보》), 1946년)

「프란씨쓰 두셋」삽화

〈한국문학의 재발견-작고문인선집〉을 펴내며

한국현대문학은 지난 백여 년 동안 상당한 문학적 축적을 이루었다. 한국의 근대사는 새로운 문학의 씨가 싹을 틔워 성장하고 좋은 결실을 맺기에는 너무나 가혹한 난세였지만, 한국현대문학은 많은 꽃을 피웠고 괄목할 만한 결실을 축적했다. 뿐만 아니라 스스로의 힘으로 시대정신과 문화의 중심에 서서 한편으로 시대의 어둠에 항거했고 또 한편으로는 시대의 아픔을 위무해왔다.

이제 한국현대문학사는 한눈으로 대중할 수 없는 당당하고 커다란 흐름이 되었다. 백여 년의 세월은 그것을 뒤돌아보는 것조차 점점 어렵게 만들며, 엄청난 양적인 팽창은 보존과 기억의 영역 밖으로 넘쳐나고 있다. 그리하여 문학사의 주류를 형성하는 일부 시인·작가들의 작품을 제외한 나머지 많은 문학적 유산은 자칫 일실의 위험에 처해 있는 것처럼 보인다.

물론 문학사적 선택의 폭은 세월이 흐르면서 점점 좁아질 수밖에 없고, 보편적 의의를 지니지 못한 작품들은 망각의 뒤편으로 사라지는 것이 순리다. 그러나 아주 없어져서는 안 된다. 그것들은 그것들 나름대로 소중한 문학적 유물이다. 그것들은 미래의 새로운 문학의 씨앗을 품고 있을 수도 있고, 새로운 창조의 촉매 기능을 숨기고 있을 수도 있다. 단지 유의미한 과거라는 차원에서 그것들은 잘 정리되고 보존되어야 한다. 월북 작가들의 작품도 마찬가지다. 기존 문학사에서 상대적으로 소외된 작가들을 주목하다보니 자연히 월북 작가들이 다수 포함되었다. 그러나 월북 작가들의 월북 후 작품들은 그것을 산출한 특수한 시대적 상황의 고려 위에서 분별 있게 이해되어야 할 것이다.

이러한 당위적 인식이 2006년 한국문화예술위원회의 문학소위원회에서 정식으로 논의되었다. 그 결과 한국의 문화예술의 바탕을 공고히 하기 위한 공적 작업의 일환으로, 문학사의 변두리에 방치되어 있다시피한 한국문학의 유산들을 체계적으로 정리, 보존하기로 결정되었다. 그리고 작업의 과정에서 새로운 의미나 새로운 자료가 재발견될 가능성도 예측되었다. 그러나 방대한 문학적 유산을 정리하고 보존하는 것은 시간과 경비와 품이 많이 드는 어려운 일이다. 최초로 이 선집을 구상하고 기획하고 실천에 옮겼던 한국문화예술위원회의 위원들과 담당자들, 그리고 문학적 안목과 학문적 성실성을 갖고 참여해준 연구자들, 또 문학출판의 권위와 경륜을 바탕으로 출판을 맡아준 현대문학사가 있었기에 이 어려운 일이 가능하게 되었다. 이런 사업을 해낼 수 있을 만큼 우리의 문화적 역량이 성장했다는 뿌듯함도 느낀다.

〈한국문학의 재발견-작고문인선집〉은 한국현대문학의 내일을 위해서 한국현대문학의 어제를 잘 보관해둘 수 있는 공간으로서 마련된 것이다. 문인이나 문학연구자들뿐만 아니라 더 많은 사람이 이 공간에서 시대를 달리하며 새로운 의미와 가치를 발견하기를 기대해본다.

2011년 2월

출판위원 김인환, 이숭원, 강진호, 김동식

이 책은 해방 이후 한국전쟁이 발발하기 전까지 시대의 파고를 헤치며 살다간 설정식의 작품을 모은 선집이다. 그의 작품 가운데 시편들은 거의 망라했고 소설 일부와 대담을 함께 수록했다. 설정식은 이른바 '해방공간'의 작가이다. 국권회복의 기쁨과 더불어 '나라 만들기'의 온갖 신념과 열망들이 분출했던 시기, 그러나 결국 냉정한 국제정치와 현실논리에 의해 쓰라린 파국과 분단으로 종결되어야 했던 시기, 그 때문에 이 짧은 기간을 "해방공간"이라는 모순된 말로 비유하기도 한다. 설정식은 바로 이 해방공간의 가능성과 문제적 지점들을 관통해 간 특이한 이력의 소유자로서 일찍이 한 근대 문학 연구자는 그를 "문제적 인물"이라고 불렀다.

설정식은 미 군정청의 관리와 조선문학가동맹의 맹원이라는 대립적인 입지에 동시에 서 있었고, 이념의 길을 따라 선택한 북한에서 '반혁명분자'로 몰려 임화와 함께 사형을 당했다. 우익과 좌익, 자유주의와 공산주의라는 극점을 두고 그는 천칭의 팔처럼 위태롭게 흔들리다 비극을 맞은 지식인의 운명을 보여주었다. 그의 성장과 학업 과정에서 볼 수 있는 문화적 배경도 양가적일 만큼 다채로웠다. 개신 유학자 집안 출신으로 한학에 풍부한 소양을 가지고 있었던 그는 식민지 문인 가운데 보기 드물게 미국에서 미국 문학을 본격적으로 전공하고 돌아왔다. 보통학교와 연희전문학교 외에 그가 학업을 위해 떠돈 곳만 해도 중국 만주의 봉천과 천진, 일본 메지로 상업학교, 미국 오하이오 주의 마운트유니언 대학과 뉴욕의 컬럼비아 대학 등이었다.

문인으로서도 그는 시와 소설을 양과 질의 측면에서 거의 대등할 정도로 창작하였다. 그의 창작 활동 시기가 1946년에서 1949년에 한정된 짧은 시기라는 것을 감안한다면, 60편이 넘는 시와 세 권의 시집, 신문 연재를 포함한 다수의 장단편 소설, 그리고 『햄릿』의 최초 한글 번역본을 남겼다는 사실은 그가 대단한 지적 생산력과 활동력의 소유자였음을 보여준다. 이십대 초반 학생 신분으로 문단에 잠시 얼굴을 비춘 적은 있지만 그의 문학 활동은 해방공간에 한정되어 있었기에 그 양과 수준에서 가히 해방공간을 대표하는 문인이라고 해도 과언이 아니다.

그러나 아쉽게도 설정식에 대한 학계의 관심과 연구는 월북 문인의 해금 무렵에 이루어진 여러 연구들 이후로는 크게 진척된 바가 없어 보인다. 무엇보다 그의 행적에 대해 상세히 알 수 있는 자료가 많지 않았고 그가 시와 소설을 병행한 점에서 오는 부담도 없지 않았을 것이다. 이 책에서 정리한 전기적 사실들이 그에 대한 풍문 가운데 일부를 바로잡고 그에 대한 관심을 높여줄 수 있기를 기대한다. 그의 출생과 혼인, 가족과 학업 사항 등에 대해 아직 알려지지 않은 내용들을 해설과 연보에 밝혀두었다. 선집의 구성은 습작기의 작품을 포함해 해방 이전에 창작된 시들을 1부로 묶고 이후의 시들은 시집에 수록된 순서대로 엮었다. 마지막 시집 출간 이후 발표된 시 「만주국」도 선집으로는 처음으로 수록하였다. 소설은 역시 해방 이전에 발표된 단편 하나를 포함해 장편소설 『청춘』의 일부와 단편들을 발표 순서대로 묶었다. 마지막으로 당대 문호인 홍명희와 대등하게 대담을 나누는 신세대 작가인 설정식의 문학적 태도와 문단에서의 위치를 잘 보여주는 대담을 함께 실었다.

설정식의 작품이 더 많은 독자들에게 다가갈 수 있기를 바라는 마음에서 현대 표준어 규정에 따라 문장들을 일부 고쳤다. 주해본의 엄밀성까지는 갖추지 못했지만 백여 개에 가까운 각주를 달아 난해한 시어로 인한 불편을 최대한 덜고자 했다. 동서고금을 종횡하는 시어를 좇아 낯선 한문의 전고와 라틴어를 찾고 동서양의 신화와 사건들을 추적하는 작업은 쉽지 않지만 설정식의 지적 편력과 폭넓은 교양을 확인하는 즐거운 일이었다. 편자가 놓친 미진한 부분들에 대해 독자의 지적이 있다면 기쁜 마음으로 기다릴 것이다. 부디 이 책이 연구자와 일반 독자에게 도움이 되길 바란다.

편자가 설정식의 생애를 재구성할 수 있었던 데에는 유족의 도움이 컸음을 밝히며 감사드린다. 덕분에 빛바랜 역사의 페이지에 붙박인 이름에 그치지 않고, 시대와 호흡하고자 했던 지식인으로서의 면모를 조금 더 상세히 그려볼 수 있었다. 2012년은 설정식 시인이 탄생한 지 백 년이 되는 해이다. 그에 대한 학문적인 연구와 해석이 보다 활발히 일어나길 바란다. 이 자리를 빌어 부족한 편자를 넓은 마음으로 받아주시고 연구자의 길을 걷도록 독려해주신 오세영, 조남현 선생님께 감사의 절을 올린다. 끝으로 이 책이 나오기까지 도움을 주신 현대문학 편집부의 노력에 감사드린다.

2011년 2월

곽명숙

* 일러두기

1. 이 책은 설정식의 시와 소설을 망라한 선집이다. 제1부는 해방 이전에 쓴 시들로서 시집에 수록되지 않은 초기 시를 발표 순서에 따라 싣고, 작가가 창작 시기를 1930년대라고 밝히고 있는 작품을 시집에서 뽑아 수록된 순서에 따라 엮었다. 제2부부터 제4부까지는 해방 이후 쓴 시들을 시집에 수록된 차례에 따라 실었다. 제4부의 마지막에 실은 시는 제3시집이 출간된 이후 발표된 작품이다.

2. 제5부에는 시집에 수록된 산문 일부를 포함하여 신문 잡지에 연재된 단편소설과 장편소설의 일부, 대담을 실었다.

3. 제1부의 시와 제5부의 소설 등은 발표순에 따라 배열하고 필요한 경우 출전을 작품 말미에 밝혔다. 단 시집의 시들은 시집에 수록된 순서에 따라 배열하고 창작 시기를 따로 밝히지 않았다.

4. 본문은 현대 표준어 규정의 표기와 띄어쓰기를 따라 일부 고치고, 시적 허용에 해당하거나 시인의 의도를 고려한 경우는 원문의 표현을 따랐다.

5. 시에 쓰인 한자는 읽기 편하도록 한글로 바꾸고 일부 병기하였다. 대담에 나오는 일본 인명과 지명은 현대 일본어 발음을 한글로 표기하고 한자를 병기하였다. 단어나 어구에 대한 풀이가 필요한 경우 해설을 각주로 달았다.

6. 인쇄 순서가 잘못된 부분이나, 문맥상 맞지 않는 글자의 경우는 문맥에 맞게 바로 잡았으며, 원문에 복자 처리된 것은 그대로 두었다.

7. 단편소설과 시는 「 」, 단행본은 『 』, 잡지와 신문은 《 》, 희곡, 노래와 그림의 경우는 〈 〉의 기호로 표기하였다.

차례

제1부_해방 이전의 시

제2부_종鐘

제3부_포도葡萄

제5부_소설과 대담

해설_분노의 노래와 예술가의 비극적 운명 • 301

제 **1** 부 해방 이전의 시

거리에서 들려주는 노래
− 동모 맛나기 전
가던 길 멈추고 발을 구르며 동생을 나므래는 노래

일어나라 일어나라 일어나!
냉큼 서거라 서라 동생아!
이 불쌍한 어린것아 두 다리가 부러졌느냐
어서 바삐 형이 일깨울 때 번득 일어나거라
그래서 그 널조각에 전선電線 토막 대인 병신病身 썰매를
앉아서 뭉갤 때 밀던 쇠꼬쟁이와 함께 내어 던지고
내 고함에 발맞춰 두 다리 쭉 뻗고 가슴 벌리고
얼음 깔린 강판 위를 내달아라.

다름없는 권圈을 더듬어 구르는 태양의 발산하는 빛이
같은 전주電柱 밑에 그 시각의 그림자 새길 때
나는 동모를 맛낫노라
"괴로운 자문자답에
가슴 쓰려 발 뻗다가
미닫이 뚫었네"

그는 이 한 조각 시를 주며 나에게 묻기에
부릅뜨고 소리 질러 그에게 들려준 노래 있으니—

동모여! 정신을 가다듬어
크게 땅이 꺼지도록 갱생의 심호흡을 하라
그대는 그 숨의 탄력을 얻을지니 미닫이 뚫은 두 다리에
한 아름 약골의 소아小我를 싣고 북악北岳에 오르라!
그대의 끓는 혈맥의 피가
벗디딘 두뇌에 쏟아져 통할 때가 되면
누두형漏斗形의 심곡深谷에는 용암이 불꽃을 품은 채 흘러내릴 것이니
그 속에 마땅히 그대의 쓰린 가슴의 소아를 던지라
미련과 모든 기억도 함께 불사를지니 그리하면
영겁으로 타가는 횃불은
머지않아 이 나라 소년들의 두 눈동자에 비치울 것이다.
그리고 아— 그다음은 말할 수 없다.

군악보軍樂譜에 맞추어 소집나팔 소리 들려야 할 파고다공원 육각당
돌층계에
조선을 잊은 조용한 아비시니야의 노술사老術士가
동전 긁어모으던 손톱을 깎을 때
나는 동모를 맞낫노라

"절로 넘어지면 울지 않고 일어나는
아가야
너도 인간이 다 되엇고나

배고플 때 아플 때 엄마 없을 때
어린 애기는 울음도 가지가지
오— 창작가여 조고마한 시인이여"
그는 이 한 조각 시를 주며 나에게 묻기에
부릅뜨고 소리 질러 그에게 들려준 노래 있으니—

동모여 들어라!
시인이란 그 공사工事에
무쇠의 근육과 울둑 펼쳐진 가슴과 굳세인 허리와
그리고 맑고 깊은 눈동자를 가진 위대한 직공職工을 가리킴이니
한 개의 인간이 창궁蒼穹 밑에서
얻을 수 있는 최대의 발견이 시인 것이다.
이 발견의 기록은 아예 어여쁜 대리석에 아로새길 것이 아니라
모름지기 큰 은행나무에 쪼아둘 것이니
그리하면 그대의 노래는 자라는 나무와 함께 영원히 커질 것이다.

—《동광》, 1932. 3.

새 그릇에 담은 노래

◇

시월 비 내린 삼십 리 두메
아버지 밤새워 갔다네
뫼밭에 이삭 거둬 빚 갚아주려.

◇

먹어보라고
언덕 넘어 방축에 딸기 따오던
학성의 누나 시집갔다네.

◇

고암산高岩山 넘어로 숫굽이 간다고
겹저고리에 솜 두는 밤
간난니 어머니도 일이 많았네.

◇

"돈 있어야지—"
두 눈을 가늘게 뜨며

동무는 외우더니 다시 감아버리네.

◇

아버지 기침이 성해질
겨울이 오고
덧문 닫힌 방 안에 국화 시드네.

◇

경매 당할 터인데 두어서 무엇하리
아가시 짜르다가
가시 찔렸네.

◇

빈대피 묻은
헌 신문 초단 기사는
융무당隆武堂* 헐린 소식이러라.

◇

수리조합水利組合 또랑 난다고
밤마다 모이면
근심하던 농부들과 섞이던 여름.

— 《동광》, 1932. 4.

---

* 융문당과 함께 고종 5년(1868년) 경복궁 신무문 밖 후원에 지은 건물로 융문당은 경무대에서 실시한 과거 시험의 중심 건물이고, 융무당은 과거 시험의 무과와 활쏘기 시합, 군사들의 교체훈련이나 사열 때 사용하였다. 1928년경 일제에 의해 헐림.

물 깃는 저녁

해 저물어 개로 떨어지는 물소리 맑아가고
마을 아주머니네
다리미질할 흰옷을
이리저리 풀밭에 널 때
뵈적삼 긴 고름을 씹는 처자處子의 두 눈동자는
이상한 살결의 용솟음으로 지트게 타오른다
매태 낀 우물 귀틀에
두레박줄 잠깐 멈추고
물 우에 가늘게 흔드는 흐릿한 모슌에
영롱한 꿈 맺어보다가
치마 속으로 삿붓이 흘러드는 바람결에 놀라
주춤하고 둘레를 살피며
울렁거리는 두 가슴에 손을 언는다.

—《신동아》, 1932. 8.

고향故鄉

싸리 울타리에 나즉이 핀
박꽃에 옮겨나는 박호의 그림자
이윽고 숨어들고
희미한 달그림자에 어른거리든 빨쥐*의 긴 날애
뽕밭 너머로 사라질 때
할아버지여 지금도
마당에 내려앉아
고요히 모기불을 피우시나이까

늦은 병아리 장독대에 삐악거리고
이른 마실 떠나는 소모리꾼이
또랑길을 재촉할 때
곤히 잠들은 조카의 머리맡에

| * '박쥐'의 방언.

돌아앉아
할머니여 오늘 아침에도
이 빠진 얼게*로 조용히
하이얀 머리를 빗으시나이까.

— 《신동아》, 1932. 8.

＊ 얼레빗. 빗살이 굵고 성긴 큰 빗.

여름이 가나보다
―가을을 그리는 마음

마을 어구 표주標柱에는 나란히 내려앉은 잠자리
이제는 오동잎도 더는 자라지 않으려니―
헛간 뒷마당에 다롱다롱 여무는 감과
처자의 댕기 걸린 대추나무 함뿍 되는 열매가
호을로 서리 맞아 그 빛이 붉어간다.
염소의 귀밑털 같은 하이얀 구름
피어 날이 개이고 보면
그 하늘 높다뿐이랴― 함지로 퍼내이고 퍼내어도
끝 모르게 괴여 솟아오름이 이마작*의 하늘이다.

아수운 아수운 주월畫月**이 어울린
긴 포구는 밀물로 소리 곱고
더 곱게 낙조落照로 희한하게 물든다.

* 지나간 얼마 동안의 가까운 때.
** 낮달.

이 언덕에서 천막을 헐어 그네, 여름 봇짐을 싸 짊어질 때
희랍의 그 아양을 본뜬 계집들
반허리에 휘감은 엷은 옷을 치키며
거리에서 숨어들고
이날도
천기예보, 흰 깃발은 멀리 나부낀다.

(내 사랑하는 숲과 드을로 돌아가보면)
뉘엿이 해 저물어
두 가슴으로 새어드는 바람
수만 줄기 높낮은 벌레 울음
수풀과 덩굴에 사모치고
어데 갔던 고양이 집으로 기여들 때
할머니는
널어 말린 뽕잎 담배를 치맛자락으로 걷어들인다.
소 수레는 천천히
두 바퀴에 이가는 여름저녁을 감으며 감으며
먼 뒷골에서 예돌아든다.
젊은이는 꼴단에 비켜 앉아
소 방울에 고요히
장단을 놓으며
언덕길을 굽이돌 제
품앗이 베아리꾼* 젊은 주인을 맞이하는

| * 원문에 강조 표시가 되어 있음.

삽사리는 싸리문 밖으로 내다르며 짖나니

오 이러할 때

남무南畝*에 할아버지도 원두막에서 내려온다.

(1932. 8. 10.)

—《동광》, 1932. 10.

| * 남쪽밭.

시詩

대리석에 쪼아 쓴 언어들이 아니라
가슴속을 누가 할켜놓은 상채기 같기도 하고
당신의 귓속을 어루만지는 기후氣候와 쉽게
궁합이 맞은 천재의 음율이 아니외라

그것은 뼈에 금이 실려
절그럭거리는 원래原來의 소리외다

— 1932.(『종』, 1947.)

묘지墓地

새로운 나무토막 비들이
눈에 밟히는
기척 없는 시월 한낮

멀건 어느 이야기 속 땅 같은 이곳에서
스스로의 숨소리를 두려워할 지음
여기
하얀 소나무 관 내음새 풍긴다

— 1931.(『종』, 1947.)

샘물

처녀야
하로의 물레 손을 그만 쉬고
이제 쉬일 때가 되었다
어머니의 그 질항아리를 이고
어서 너의 집에서 나오너라
모도들 불노리 간다는 저녁이다
나와 함께 너는
저 숲으로 가보지 않으려느냐
별빛이 총총 내려 뿌리는 저기
아무도 다치지 않은 평화가 있다는 그곳으로
우리들의 마른 풀포기에 끼언질
샘물 길으러 가지 않으려느냐

— 1932.(『종』, 1947.)

가을

바람 속에
굴레가 그리운
말대가리 하나

언덕 아래로 아래로
들국화는 누구의 꽃들이냐

긴 이야기는
무슨 사연

오래 오래
갈대는 서로 의지하자

— 1936.(『종』, 1947.)

제 2부 종鐘

태양太陽 없는 땅

곡식이 익어도 익어도 쓸데없는 땅
모든 인민이 등을 대고 돌아선 땅

물줄기 도리어
우리들 입술 찾아 흐르기도 하고
흘러도 그러하나
벌써 모래 가득 찬 아가리
황토荒土에 널리기도 한 땅—

다못 아는 것은 땅은 영원히
우리들의 것이기
숲을 찾는 바람같이 달려갈 역사이기
백 번 천 번 어미네 품속 같은 흙
갈어 갈어 창끝 번득이듯
보삽 어루만지는

손가락 매듭만이 굵어진 것을

황소 소 너는
언제까지 어질기만 하랴느냐

가까이 가까이 서로 방불彷彿한 그림자들 한 군데로
남산南山 어느 고을에도 있는 남산으로
바람은 비바람은 어데든지
숲 울성鬱盛한 곳으로 몰었다

땀을 흘여도 흘여도 쓸데없는 땅
태양 없는 땅

너희들 무시무시한 무지無知 지긋지긋
흰 이빨자국 이문살* 멍들은
아 소같이 둔하다는 무식한 우리들의 등
더운 피 흘린 항거를 위해서는
시월十月은 오히려
서리 내리기조차 주저하였다
태양 없는 땅

굵어진 손매듭 손톱 자국 자국
꼬즌 감자눈

| * 굳은살.

뜬 부릅뜬 황소 뉘 배불리기 위해 아
성난 남산 숲 어데서나 이는 거센 바람 일듯이
버리고 달아난 창끝 같은 보삽들이 꽂인 대로
길게 길게 돌아누운 땅

곡식이 익어도 익어도 쓸데없는 땅
모든 인민이 등을 대고 돌아선 땅

우화寓話

입술에 묻은 피
마저 핥으며 틈새틈새
풀 향기 찾는 거자리* 떼
업보業報의 바위 위에
날새
찌조차 떨구지 않고
인방隣邦 해안선
멀찍하니 물러앉다

그날 파신破身이
이지理知같이 식고 또
예의禮儀로써 고개를
만방萬邦 앞에 숙이고

| * 수시렁잇과의 딱정벌레.

44

어족魚族은 다시

차고 더운 흐름을 찾다

Z기旗 나려오고 무역풍

방자* 배부른 돛을 찾아 해협에 들다

해도海圖를 접으라 나팔소리는

남명南溟** 구만九萬 리里

모든 해면海面이

사정射程 밖에 섰음을 알리다

이리하야 '팟쇼'와 제국이

한대낮 씨름처럼 넘어간 날

이리하야 우월과 야망이

올빼미 눈깔처럼 얼어붙은 날 이리하야

말세末世 다시 연장되던 날

인도 섬라*** 비율빈比律賓****

그리고 조선 민족은

앞치마를 찢어 당홍 청홍 날리며

장할사 승리군勝利軍 마처 불역****으로 달렸다

이날 한구漢口 무창武昌*****에

밤새 폭죽이 터지고

---

* 放恣, 방방하게, 건방지게.
** 남쪽에 있다고 하는 큰 바다.
*** 暹羅, 타일랜드의 예전 이름인 시암.
**** 필리핀.
***** 불녘, 모래가 깔린 바닷가나 강가.
****** 한커우, 우창. 양츠 강 중류에 있는 도시.

이날 불인佛印 난인蘭印은

주권을 반석 위에 세우려고 거기에

선혈로 율법을 쓰고

아 이날 우리는

쌀값을 발로 차올리면서까지

승리군을 위하야

향연을 베풀지 않았더냐

그러나 그대는 들었는가

양귀비 난만한* 동산

「백인白人의 부담負擔」**이란 우화를

그리고 얄타회담으로 몰아가는

캬드랴 바퀴소리를

흰 손이 닷는 틕운*** 문소리를 그리고

샴펜주酒 터지는 소리를

흑풍黑風이 불어와

소리개 자유는

비둘기 해방은 그림자마자

땅 위에서 걷어차고 날아가련다

---

* 양귀비꽃 활짝 핀.

** 영국 시인 키플링(Rudyard Kipling)의 시 「White Men's Burden」(1899년), 미국이 필리핀을 식민지로 삼
게 된 것을 축하하며 쓴 시로서, 미개 상태의 열등한 인종을 개화시키는 의무를 백인이 지고 있다는 식의
백인우월주의에 바탕을 두고 있는 것으로 알려져 있다.

*** teakwood를 발음나는 대로 적은 것으로 보인다. 티크우드는 동남아시아에서 생산되는 목재로 건축이
나 가구 등에 사용된다.

호열자(虎列刺)* 엄습이란들
호외호외 활자마다 눈알에
못을 박듯하랴 뼈가 휜 한애비
애비 손자새끼 모두 손 손
아 깊이 잠겼어도 진주는
먼 바다 밑에 구을렀다
인경**은 울려 무얼 하느냐
차라리 입을 다물자

그러나 나는 또 보았다
골목에서 거리로
거리에서 세계로
꾸역꾸역 터져나가는 시커먼 시위를
팔월에 해바라기 만발한대도
다시 곧이 안 듣는
민족은 조수(潮水)같이 밀려나왔다.

---

* 콜레라.
** 매일 저녁 이경(밤 9시에서 11시)에 울려 야간통행을 금지하던 종각의 종소리.

권력權力은 아모에게도 아니

바라노 데 코스타의 모반아謀反兒 착한 베니토*

미라노의 옳은 주의主義를 위한 청년

어느새 그러나

안장에 올라앉드라니 아름다운 꿈

로마 진군도 한 절반

로마는 벌써 축축하게 불안해서

암살 뒤 미다지

그림자 키가 또 어데서

탄호歎呼** 바람 함께 일어 아불사

기라일진騎羅一陣***

말굽소리 보다 요란해

그사이 그 인민 현란에 눈멀고

---

* 베니토 무솔리니(Benito Andrea Amilcare Mussolini), 파시즘을 주도한 이탈리아 정치인.
** 탄식하는가.
*** 늘어선 기병의 무리.

요란에 귀 어두워 아만我慢*은
영웅과 함께 그예 마상馬上에 태어나고
폭군 일대기 시작되면서—
우리 생명 권력
한 손아귀에 쥐어졌더라

존엄이 내려앉은 산은
스스로의 무게에 위대하고
곬은 높이 따라 깊어졌더라

열매 스스로의 무게에 떨어지고
맛은 스스로 다스려 흘러내리다
뉘 소리개의 가벼움을 사슬로 앗으며
뉘라 무례히 그 주권 화살로 떨구리

그 어른들 어느새 당堂에 듭시고
백매白梅 향그러운데
층게 층게 담총擔銃으로** 정치를 베푸시고
백주白晝 글세 내 몸 샅샅 뒤지시니
내 비록
대한 삼천리 반만년 무궁화
역사는 그리 아지 못게라도

* '아만'은 네 가지 교만한 마음 중 하나로 스스로를 높여서 잘난 체하고 남을 업신여긴다는 의미.
** 어깨에 총을 메고.

허울 벗은 부락마다 느티나무 서고
게 반드시 동지同志 있을 것과
동지 뜻 느티나무 같을 것과
곬마을 텅 비어 배곱흔 것과
한발旱魃*이 성홍열보다 심한 때에도
우물이 딱 하나 있는 거 잘 아는데 어찌
우리 생명 권력을
뉘게 함부로 주단 말가

권력은 아모에게도 아니
주리 우리 생명 오직 하나인
자유를 위해서만 바치리
흘러간 물 다시 오듯이 혈조血潮
세포 고루 돌듯이 죽엄이
달고 쓴 수액樹液으로 생명을
사월에 돌리듯이
스스로의 무게로 다시 돌아오는
자유사회 주권만을 세우리

| * 가뭄.

50

피수레

사직社稷 덮세운 무슨 껍데기
질그릇 깨어지듯 와직근하던 날
차라리 차라리 하고
어미 가슴 헤치고 총뿌리 받던 날

장거리로 수레는 피를 흘리고
팍팍 찍은 먹은 또 무슨 기旗
끊어진 다리 깨어진 머리
산 시체 가득 싣고 느리기도 하더니
울기만 하면
보조원 온다는 자장가
어미나들 피리 속에서 자란 소년
아하 처음 흘리던 긴 눈물
일곱 살이던가 너는 두려웠더냐

만세 소리 쓸어간 뒤
길은 넓었고 길드라 해서 그랬나
용현龍峴고개에 올라가서 또 울었더라
구름은 드리우고
바람은 이는 늪다리벌* 내려다보면서
짜디짠 눈물 미음같이 삼키며
외롭지 않음을 알았더라

그 봄이 가도록 피리를 잊었고
피수레는 고을마다 구으렀던가
겻드리** 무렵 되면 고개에 올라가
멀리 여해진汝海津 바다에
큰 배 무수히 떠오르기만 기다렸더라

* 지명. 다리가 놓여 있는 벌판.
** 곁두리, 새참을 의미함.

종鐘

만萬 생령生靈 신음을
어드메 간직하였기에
너는 항상 돌아앉아
밤을 직히고 새우느냐

무거히 드리운 침묵이어
네 존엄을 뉘 깨트리드뇨
어느 권력이 네 등을 두다려
목메인 오열嗚咽을 자아내드뇨

권력이어든 차라리 살을 아스라
영어囹圄에 물어진 살이어든
아 권력이어든 아깝지도 않은 살을 점이라

자유는 그림자보다는 크드뇨

그것은 영원히 역사의 유실물遺失物이드뇨
한 아름 공허여
아 우리는 무엇을 어루만지느뇨

그러나 무거이 드리운 인종忍從이어
동혈洞穴보다 깊은 네 의지 속에
민족의 감내堪耐를 살게 하라
그리고 모든 요란한 법을 거부하라

내 간 뒤에도 민족은 있으리니
스스로 울리는 자유를 기다리라
그러나 내 간 뒤에도 신음은 들리리니
네 파루罷漏*를 소리 없이 치라

| * 조선 시대에 서울에서 통행금지를 해제하기 위해 종각의 종을 서른세 번 치던 일.

단조短調

겨레여 벗이여 부끄러움이여
법이여 주의여 아름다운 사상이여
그리고 새로운 어지러움이여
실명失明하겠도다
돌담 무너지듯 하는 머릿속이여
아 낙엽이로다!

희망은 흐름을 따라 헤엄치다
입술에 닿았다 떨어지는
포도葡萄의 악착齷齪이여
이 저린 회한이여
나래 치면 바람 항상 일듯이
닿는 곳마다 피안彼岸은 뻗었도다

아름다우리라 하던

붉은 등은 도리어
독한 부나븨
가슴가슴 달려드는구나

무서운 희롱이로다
누가 와서 벌여놓은 노름판이냐

겨레여 벗이여 부끄러움이여
아 숨 가빠 반半옥타브만 낮추려므나

그러나 너 존엄한 주권이여
무명無明은 기다리라
드을에 불이 붙었으되
(The bush was not consumed!)*

자근자근 도리는
이빨의 헛된 공로여
모든 수림樹林이 쓰러져도
날새는 벌써 하늘에 떴다
마魔의 음모陰謀래도 어림도 없이
내 팔은 가지런히 드리웠고 그래도
기침도 하는도다

| * 덤불은 타버리지 않았다는 뜻.

이리 들어오시지오 제씨諸氏

기울이시지오 그대의 온축蘊蓄*을

그것은 요령만 말씀하시지

오급사지궐문吾及史之闕文**이라 하였는데

아 어찌 그렇게 다 아시나뇨

이리 나가시지 제씨諸氏!

보시기 매우 측은한 우리들은

알마치 국궁鞠躬*** 읍조리오리니

민족을(AD CAPTANDUM****)

이 테 두른 관冠을 쓰시랴니까

---

* 속에 깊이 쌓아둠 또는 그런 것. 오랫동안 학식 따위를 많이 쌓음 또는 그 학식.
** 『논어』「위령공」에 나오는 "吾猶及史之闕文也 有馬者借人乘之今亡矣夫" 구절에서 가져온 것으로 보임.
  풀이하면 '나는 오히려 사관史官들이 글을 빼놓고 기록하지 않는 것을 보았다' 의 뜻.
*** 극진히 공경하여 몸을 굽혀 절을 하는 것.
**** 라틴어로 민중의 인기를 끌기 위해 외양만 그럴듯하게 꾸민 주장을 가리키는 말.

지도자指導者들이여

두둑 커다란 발이겠다
저벅저벅 십 리 백 리라도 시원찮을
우리들의 젊은 정갱이를 어데다 두고
백주白晝 두리번거리며
손바닥으로 기어 다니는 우리들을
그대들은 어떻다 하느뇨

견디기 무거운 알 알이어든
가라
차라리 바람같이 가라
쭉정이를 날리는
바람같이 가라
술과 왜콩이 들어오고
면포綿布와 금덩어리 나가는 바다 있음을
그 바다 사나운 물결보다

무서운 무지無知 예 있음을
우리들의 꺼진 어깨와
허울 벗기운 구릉이 가지런함을
아 그리고
저 산은 영광을 위하여서보다
차라리 낙뢰를 몸소 받기 위하여 솟아 있음을
그대들은 어떻다 하느뇨

견디기 어려운 멍에이어든 벗으라
그리고 차라리 수레를 타라
우리들의 여윈 어깨로 메운
가벼운 이 수레를 타라

해바라기 쓴 술을 빚어놓고

두고두고 노래하고
또 슬퍼하여야 될 팔월이 왔소

꽃다발을 엮어
아름다운 첫 기억을 따로 모시리까
술을 빚어놓고 다시
몸부림을 치리까

그러나 아름다운 팔월은 솟으라
도로 찾은 깃은 날으라 그러나

아하
숲에 나무는 잘리우고
마른 산이오 눈보라 섣달
사월 첫 소나기도 지나갔건만은

어데 가서 씨앗을 담어다
푸른 숲을 일굴 것이오

아름다운 팔월 태양이
한번 솟아 넙적한 민족의 가슴 위에
둥글게 타는 기록을 찍었오
그는 해바라기
해바라기는 목마른 사람들의 꽃이오
그는 불사조
괴로움밖에 모르는 인민의 꽃이오

오래 오래 견디고
또 기다려야 될 새로운 팔월이 왔소

해바라기 꽃다발을 엮어
이제로부터 싸우러 가는
인민 십자군의 머리에 얹으리다

해바라기 쓴 술을 빚어놓고
그대들 목을 축이라 올 때까지 기다리리다

팔월은 가라앉으라
도루 찾은 깃을 접고 바람을 품으라
붉은 산 황토黃土벌도
역사의 나래 밑에 그늘진 자유

방자 엄돗는* 인민의 꽃 해바라기에 물을 기르라
자유가 두려운 자

아름다운 사상과 때에 반역하는 무리만이
이기지 못하는 무거운 역사의 그림자

팔월은 영화로운 팔월의 그림자를 믿으라
죽엄을 모르는 인민들은
죽엄을 모르는 팔월의 꽃
해바라기에 물을 기르라

| * 방방하게 싹트는.

잡초雜草

오늘 죽은 듯이 깔리운 아우성은
아람*으로 자랑하는 왕자王者 서기 이전부터
바람 함께 무성茂盛하였다

쓰러지고야 말 연륜이기에
우리는 그것을 다못
운명의 거대함이라 하였다

말굽이 지나오고 또 지나가도
겁화劫火 땅 끝에서 땅 끝을 쓸어도
드을을 엉켜 잡은 잡초 뿌럭지
쓰러지지 않는 연대年代는 다못
인민으로붙어 인민의 어깨 위로만 넘어갔다

| * 밤이나 상수리 따위가 충분히 익어 저절로 떨어질 정도가 된 상태 또는 그런 열매.

피라 화려할 대로
그러나 백화白花 너희들의 발아래
연륜으로 헤아릴 수 없은 생명으로
무한 죽었다 다시 살아나는
여기
뿌럭지들임을 알라

삼내 새로운 밧줄이 느리우다 만 날

궁한 쥐 이빨 살에 백이다 만 날
붉은 벽돌담 그림자 밑에
삼내* 새로운 밧줄이 교수대紋首臺에 느리우다 만 날
늦게라도 팔월은 당도하였다

날이 밝어서 황토黃土에 봄이었다
봄 봄이 아니라 삼십 도 삼동三冬인들
그보다 한 태풍이라도
태풍 아니라 지진이라도
아 한애비 애비 손자새끼의
원수가 넘어졌다는 것으로
아무게라도 바꾸자

| * 삼겹질로 만든.

모든 창과 문 빗장을 열어놓은 팔월
병실에서 창루娼樓*에서 사무실에서
서재에서 감옥에서
그리고 끓는 물 제사장製絲場에서
바퀴바퀴 피대皮帶는 실컷 공전空轉을 하라

해바라기 꽃이 드높이 펴서

돌아오라 백정白丁
좋다 묵은 터에서 쌀밥 먹던 생각을 할 놈도
가치 팔월 새 하늘
무당 앉은뱅이 유걸이 판수**
아
막대는 짚어 무얼 하느냐
아모 데 엎어져도 우리들의 황토黃土
싫건 한 동이 먹으러 가자

여름이 가고 가을이 오고 가을이 가고 겨울이 오고
겨울이 가고 봄이 올 뿐이요
해바라기는 어데 가서 피었는지 분간 못할 백야白夜
하였으되
이것은 꿈이냐
맑어지지 않는 백야는 긴 꿈이냐

* 몸을 파는 기생을 두고 영업하는 집.
** 유걸이는 流乞이, 유거리로서 거지를 뜻함. 판수는 점치는 일을 직업으로 삼는 맹인.

단장斷章

남산율율南山律律 표풍발발慓風發發

민막불곡民莫不穀 아독하해我獨何害*

영동嶺東 만리외萬里外나

꿈은 지척에 청송青松이 었사옵고

여윈 학鶴이언가 의관을 갖추시니

당신과 하마** 유명幽冥***에 러니다****

홋 그림자 더불어

* 『시경』「소아小雅」곡풍지습谷風之什 육아蓼莪에 나오는 시구이다. 육아는 효자가 어버이를 봉양하지 못
하는 것을 한탄하며 지은 시이다. 남산은 하늘 높이 솟아 있고 회오리 바람 거세게 몰아치네. 백성들 모두
즐겁게 살아가건만 어찌 나만 홀로 부모 봉양 못하나. 원래 육아 6장은 "南山烈烈 飄風發發 民莫不穀 我獨
何害"로 되어 있고 7장은 "南山律律 飄風弗弗 民莫不穀 我獨不卒"이다. 여기에서는 7장의 첫구와 6장의
첫구를 바꾸어 썼다.
** 바라건대, 행여나.
*** 저승.
**** 이리저리 다닌다는 뜻의 함북 방언인 '녜다'의 변형으로 보임.

오사사* 치운 이슬
밟고 밟아 헤맨 방랑사성년放浪四星年**을

오느라 오느라 한 길
오호嗚呼 불빙不憑하고***
싱싱한 숭어 꼬리 치고 오르는
한류漢流로 남남동
시흥始興 서푸리
뫼밭 자토赭土**** 봉분封墳에 러니다

자주慈主***** 호을로 서시거늘
손톱을 당겨 눈초嫩草****** 부여 뜻다니
아 하늘은 다시 불효不孝 내시나 합니다

자식을 낳아 안고 울음 듣자오면
하 아조 가신 것은 진정 아니오라도
이름 뉘 지으실 거온지
역시 가시고 아니 계시옵니다

---

* 으스스.
** 방랑의 사 년을.
*** 기대지 않고.
**** 산화철을 많이 함유하여 빛이 붉은 흙.
***** 어머님.
****** 어린 풀.

경卿아

헛간 뒤에
비둘기가 와서 운다

장마 거둔 오후 여덟 시다
이월보다 해가 퍽 길어졌다

시방이사 어두워온다
아직 네가 살아 있던 시간이다

네가 세상에 태어났을 때
나는 먼 데서 이름만 지었다
대관령 젓재 문재*로 해서 내게로 왔을 때
유난히 흰 네 얼굴은 필시 눈보라 탓이라 했다

* 젓재는 전재의 오식으로 보임. 전재와 문재는 강원도의 고개 이름.

다만 눈 코 입 귀 이마 그러니
네 얼굴이 언니보다 이쁘다고만 하였다
네가 손발을 잎사귀처럼 버리고 떨어질 때
아무도 받들어주지 않더란 말이냐

네가 간 지 넉 달밖에 되지 않는데
나는 왜 벌써 네 얼굴이 상막하냐*

어느 문이고 열면 문턱마다 야직하다**
아까샤 바람이 횡 지나가는 방들이다
우리 경이 인제 기어 다니기 좋은 집이라고 네 에미
걸레질 치던 긴 퇴마루다

차차 어두워지는데도 저 날짐승은
네가 아주 글러져갈 때 저렇게 울었더라는구나

무딘무딘 애비는 잠만 잤었다
왜 네 얼굴이 잘 생각키지 않느냐
비둘기 소리 견디기 어려우니 이사를 하재서
나는 여기저기 집을 구해보았다

네 간 뒤에 바다 건네서 어려운 사람들이 많이 와서
셋집 구하기도 힘이 든다

* 기억이 분명하지 않고 아리송하다.
** 나직하다.

까닭 없이 떼를 쓰던 네 작은오래비는
손발을 풀잎새같이 버리고 시방 잠이 들었다
비둘기 우는 소리가 그쳤다
경아 너도 잘 자거라

사死

신촌新村 숲속에
그때도 아마 장마가 졌던가보
이렇게 곰팡내 나는 데서
형은 가로 나는 세로 누워도
한창 물이 오르던
우리들의 살내음새에 엉겨
곰팡내가 그때는
얼마나 구수했소

아침이면 서로
찬물을 등에 끼얹고
밤이면 형은
『빵의 착취』랑 읽고
싸움은 왜사 일어났던지
날러 들어온 날짐승을

형은 아마 죽이자커니
나는 그대로
내버려두자커니 했던가보

풀밭에 오즉잖은 꽃을
가려 듸듸면
약하다고 나무라고
에픽틔더쓰를 읽는 것은
허한 탓이라 또 웃으면서
도서관에서 내려오며 던지던 것은
아마도 『유일자唯一者와 그 소유』던가보

푸른 스무 살
십오 년 전 일이오
내가 무얼 알았겠소 해도 형은 내 요설에
성현聖賢 앞에 사람같이 고요하였기
혼자 돌아누워
나는 진실로 부끄러웠소
진인眞人이었기 죽었구려
저들같이 약빠른 요령이 있었던들
굶주리지는 않았을 게고
굶주리지 않았던들
객혈喀血은 시작되지 않았을 것이오

삼 년 전 여름

김사일병원金思馹病院에 달려갔을 때
형은 오히려
모기 무는 것을 괴로워만 해도 벌써
글러진 육체였소 정갱이하며
여윈 발바닥은
왜 그리 커보이던지 돌아오면서
손등으로 눈을 비볐소

한 달 전 어느 날 새벽이오
유언을 할 터이니
와달라는 남해南海의 말이오
내 어린것이 떠나간 시간에 울던
비둘기 소리가
자꾸 들리기는 했소 그러나
내가 죽어간다 했으면
몸살이 아니라 객혈이래도
파주坡州 구십 리 아니라
구백 리 길이라도 형은
달아왔을 것이요
서로 젊었기에 그랬던가
영혼에 관해선 서로
얘기도 못하고 말았구려
영혼이란 진정 계신 걸지
그러나 계시단들 무엇이오
형은 깨끗이 살았으니 소용없을 게고

나는 비열하기
도리어 계실가 두려웁소

형이 신의주新義州에서 잡혀 들어갔을 때에도
뭐시 그리 바빠
뭬 더 아쉬워 헤매였던지 인차
가보지 못한 나에게
먼 나라로 떠나갈 때 그래도
사치스런 도피였건만 형은
긴 편지를 썼더랬소그려
지난 이월
자당慈堂*이 피대皮帶에 감겨 돌아가신 이야기를 하던
형의 모습이 저 방에 선하오
괴로운 표정이라곤
그날 밤에 처음 보았소
그 밤에 다시 객혈을 했을 때
돌소금을 빠사서 입에 넣어주고
늦잠을 자기
계란 네 개를 삶아놓고 나간 것이 그러고 보니
마지막 작별이었구려

그날 밤에도 형은 다시
『빵의 착취』를 이야기하고

* 어머님.

조선은
우리들 이상대로 될 수 있다 하였고
진정한 볼쉐비끼와 악수할 것을
부락운동을 농민조합을
테크노크라시
그리고 농촌전화農村電化까지 꿈꾸고
잡지 이름은 '흑기黑旗'라 하자커니
남해南海는 '자유사회自由社會'라 하자커니 하였드니
이 장마에 땅속에서 무얼 하오
아름다웁던 그 두 눈 속에도
흙이 들어찼겠구려 그래도
죽었으니 괴롭지나 정녕 않은지 알고지오

나보다 몇 해 연장年長이던가
그것도 모르고 지내왔구려
얼마 전 일이오 어느 신문사에서
카드를 보내고 우인란友人欄을 두었기
단 한 줄 이영진李英珍이라 적었더랬는데
이제
내 손으로 가서
붉은 줄을 그어내려야 하겠구려

영혼靈魂

노들 강물은
말썽 많은 이 토지
언덕과 고랑을 적시기 전에 우선
굶주린 영혼을 불러가기 바빠
녹았더냐

기旗를 내리고
행렬은 팔짱을 끼는도다
공장은 녹이 쓸어서 쓸개
쓰디쓴 쓸이 도리어 혀는
애국가를 구으리지 못하는도다
가위 눌린 어깨들의
꺼진 파도 비를 맞으며
시청 앞으로 밀리는도다

문을 열어주오
끼니를 대어주오
그대는 누구시오
아 말이 통치 않는구나

고요히 닫으신 당신의 문 안에
부인夫人은 몇 살 된 영혼을 또
지난 밤사이에 누이셨느까

어둠이 굳이 닫은 밤이여
누구를 부르러 나는 또
어느 문으로 나가야 하나이까

당치도 않은 봄이
누구의 버림받고 잔인하기 위하야
하필
일어도 못 나는 생명 휘젓기 위하야

휘라 휘라
등은 오직 견디기만 하리
이천利川 이백 리 쌀 두 말 땀은 얼마
흘리라 언제는 바로
다만 버들가지는 핀가 젖인가
흘리기만 하리
흐름은 따름인가 아니면 버림받은

바다로 가리

산인가 하마 바람 따라 새로 뻗었을 뿐
생각 없도다 너와 같도다
바위에서 옥玉이 스스로 구으러도
나는 멀리 우연偶然을 보는도다

허무를 두다리는 깃이여
남지南枝*는 어데냐
한 줌 흙 입에 물고
차게 누운 영혼은
돌아도 눕지 말라

* 일찍 피는 매화의 가지.

원향原鄉

다름없는 도로徒勞*를
아모 데 난간에나 기대고 섰으면
표정이 힛슥 물러앉은
민족이 지나가고 지나오고
수레는 압박보다 무거운 빈곤을 싣고
더 큰 어둠 속으로 들어갈 때
또 하루의 패배를 가르고
외국차는 제 방침대로 질주하다

샛바람이 저무도록 이렇게 일면 그래도
항상 돌아오지 않는 사람들을 기다리고
내일 푸른 성장盛裝은
지난 겨울 깊은 상처를

| * 헛되이 수고함.

80

어드메 묻으려는지
보이지도 않는 구릉 넘어 구릉을 찾다

샛바람이 이렇게 저무도록 일면
접친* 다리 도지듯
기억 마디마디
푸른 멍이 아프다
누가 이리 피로하게 하였는지
아 해방이 되었다 하는데
하늘은 왜 저다지 흐릴까

저기 날아가는 것은
소리개의 자유
뒤에 바위 다스리는 의지가 쪼았고
저기 돌아오는 것은
행복과 푸른 잎새
바람이 이렇게 일어 모든 '생生'의 싹
홍진紅疹같이 터지고
민족이 라자로** 기적 앞서 일어난다면
강물은 다시 노들에 흐르리
부드러운 기름이 드을에 흐르고
하늘은 스스로의 푸른 영역을 다스리고
바람은 스스로의 의지를 좇고

* 접질린.
** 신약성서 중의 인물로 죽어서 매장되었으나 예수가 부활시킨 자이다.

그리고 모든 꽃은
스스로의 꿀을 빚을 때

사람이 있어 지혜롭다 하고
지혜 있어 높은 자리에 군림하더라도
북소리 배곯은 소리 울리고
깃발이 오히려
미래를 조상吊喪한다면
총 끝이 어디 한 곳을 노린다면
아 그리고 내 이름 묻는다면
고삐마저 굴레 벗고
달아나는 야마野馬와 함께
차라리 내 원향
드을로 돌아가리

또 하나 다른 태양太陽

강동지*와 조밥을 곰방술**로 퍽먹고 자라던 그때부터 봉선화 씨를 투기는 너의 힘을 나는 알아왔다

그리고 네가 물 위에 흙과 흙 밑에 물과 또 짜고 습습한*** 바람과 더불어 나의 피를 빚어주기에 무한한 노력을 한 것도 잘 안다
애초에 인간이 스스로의 이마를 쪼아서 뚫어 발견한 창窓같이 석류 열매가 또한 스스로의 세계의 개벽을 가르는 것을 볼 때마다
그리고 밤 송아리 터질 때마다
나는 그들의 뒤에 누워 있는 너의 권위에 습복襲服하였다****

그러나 무자비한 태양이여

* 강은 '마른' 또는 '물기 없는'의 뜻을 더하는 말로 보이고 동지는 배추 따위에서 돋아난 연한 장다리 등의 음식을 가리키는 것으로 보인다.
** 자루가 짧은 숟가락.
*** 음식 맛이 조금 싱겁다 또는 잔잔하다.
**** 두려워서 굴복하다, 황송하여 엎드리다.

나는 너의 평등에
항시 불평이었다

네가 억울하고 무자비하였기에
네가 태울 것을 태우지 않고 사를 것을 사르지 않았기에
허영을 질투를 그리고 증오를 나는 숭상하지 않을 수 없었다.

그러므로 네가 매운 강동지와 깡조밥*을 빚어
가장 수고로이 부어줄 때에도 그 잔盞은
마시면 내 혀는 나를 속이기만 하였다
그리하여 피는 슬프게도 생명에서 유리游離되고 말았다
피는 슬프게도 짐승에게로 가차이 흘렀다

다시 말하거니와
무자비한 태양이여
나는 네가 임금林檎을 시굴게** 또 달게 그리고 또 떨어트리는 권력을
가지고 있는 것도 잘 알았다 허나
나는 네가 네 자신밖에 태우지 못하는 슬픔인 줄은 몰랐다

내 눈앞에서 또 한 개의 임금林檎이 떨어진다 그러나
죽엄으로밖에 떨어질 데 없는 나의 육체는
떨어지지도 않으면서 심히 무겁구나 무엇이 들어찼느냐 과연 그러나

---

* 강조밥. 좁쌀만으로 지은 밥.
** 시게.

이제 모든 실오라기와
너의 지난 세월의 나의 긴 누데기를 벗어버리고
버렸던 탯줄을 찾아 찾은 배꼽을 네 얼골에 비비란다
그러면 또 하나 다른 태양
나의 가능한 아내 속에

과연 자비는 원형原形을 들어내어
너에게로부터
나에게로 옮겨다 맡길 것이냐

달

바람이
모든 꽃의 절개를 지키듯이
그리고 모든 열매를 주인의 집에 안아 들이듯이
아름다운 내 피의 순환을 다스리는
너 태초의 약속이여
그믐일지언정 부디
내 품에 안길 사람은 잊지 말아다오
잎새라 가장귀라 불고 지나가도 종내사

열매에 잠드는 바람같이
바다를 쓸고 밀어 다스리는
너 그믐밤을 가로맡은 섭리여
그 사람마자 나를 버리더라도 부디
아름다운 내 피에 흘러 들어와
함께 잠들기를 잊지 말아다오

해바라기 1

삭은 역사 꾸레미와
(모든 우상과 연대표도 포함하자)
비루하게 흘린 땀에 절은
아버지의 남루襤褸를
형상形像과 다리만 달린 산 송장들과
그들이 다시 흘린 기름을
살르기 위하야
견디지 못하는
우리들의 스스로 산 비겁을 또한
속죄하기 위하야

그리고 풍성한 배를 어루만질 수 있는
새로운 아내들을 맞이하기 위하야

쑥을 버히고

새 나라 머리 둘 곳
바로 그 뒤에서부터
해바라기 불을 지르리라

해바라기 2

해바라기 꽃이
또 피었다

해바라기는
두터웁고 크다

길에 먼지가 일어
우리들의 눈이 멀어도

눈부신 해바라기 꽃이
보아라 바람 속에서 탄다

아름다운 것에서도
해방된 사랑

해바라기 꽃은
너의 정열을 비웃는다

아내여 그러지 말고 어서
해바라기 앞으로 돌아서라

태양이 닮았는데

크고 두터운 아내여
태양이 닮았는데
젖에 얹은 손을 떼어라

태양에 불이
해바라기 불이 붙었다

가까이 이리 가까이
그리고 땅에 흐르는 젖을 근심하지 마라

해바라기 3

해바라기는 차라리 견디기 위하야
해바라기는 차라리 믿음을 위하야
너희들의 미래를 건지기 위하야

무심한 태양이
사슴의 목을 말리고
숲에 불을 지르고
바다 천심千尋을 짜게 하여도

해바라기는 호을로
너희들의 타락을 거부하였다

모든 꽃이 아름다운 십자가에 속은 날
모든 열매가 여지없이 유린을 당한 날
그들이 모다 원죄로 돌아간 날

무도無道한 태양이
인간 위에 군림하고
인간은 또 인간 위에 개가凱歌를 부르고
이기려든 멍에냐 어깨마저 꺼져도

해바라기는 호을로
태양에 필적하였다

해바라기 소년少年

해바라기 꽃이 피면
우리들은 항상
해바라기 아이들이 되었다

해바라기 아이들은
어머니 없어도
해바라기 아이들은 손이 붉어서
슬픈 것을 모른다

붉은 주먹을 빨기도 하면서
다리도 성큼 들면서
아이들은
누런 해바라기와 같이 돌아간다

태양은 해바라기를 쳐다보고

해바라기는 우리들을 쳐다보고
우리들은 또 붉은 태양을 쳐다보고

해가 져서
다른 아이들이 다 집에 돌아가도
너하고 나하고는
해바라기 가까이 잠이 들자

바다 1

뭍에 종일
피를 기다리는 칼 소리 높은
잔치가 벌어져도

잠자코 돌아갔다가
다시 오는 바다

항상 미역줄기와 같은
패배를 실어다 주곤 하는 바다

닫힐 문도 없었거니와
바다는 또한 너희들의 피비린내도
씻어주었다

그리고 뭍에 다시 떨어지는

심연이 있었으면
바다는 항상 밤으로 하여금 받들게 하고 또

패배로 하여금
미역줄기와 더불어 떠나게 하고

다시 말없이 돌아갔다가 돌아온
아이들로 하여금
별과 같은 조개껍질을 줍게 하였다

바다 2

"나의 영원한 님
가시는 길에—"

바다
십 년 전에 흘러간 바다

"안녕하소서—"
누워서 간 바다

나를 속인 바다
네가 나를 속인 바다
밤이면 해 돋기를 기다리고
해 돋으면 밤들기를 기다리던 바다
달리 별 수 없이 멀던 바다

그런 뜻이오 사랑이란 둥

기실 이런 노래 저런 노래 부르기는 하오마는
이것은 다 당신과 함께였을 때 일이오
모진 인연은 시간을 끄으는 흐름과 같더이다
내 혼자 우두커니 그림자 아무짝 쓸데없는 선蟬이오
노래라니 하 어수선한 휘파람을 잘못 들은 게요

길이 멀더란 말이오
다만 아내의 집으로밖에 갈 데가 없더란 말이오
어휘 열 마디로 족한 아내의 집으로
그리하여 뜻에 맞지 않는 모든 것을 견디기 위하야

그런 뜻이오 사랑이란 둥
민족이란 둥 차디찬
어젯밤에 내 손등 위에 내 손바닥을 몸서리쳐 놓으면서
중얼댄 휘파람은 아니오만은

다못 견디고 산다는 뜻을 그렇게 표시했더라오

꺼질래야 꺼질 수 없는 까닭에
땅은 견디는 것이 아니겠소
그렇지 않다면 뜻은 무엇을 위하야
푸시시 푸른 풀은 해마다 돋소?
차마 떨어지지 못하여 견디는 하늘이오 하나 둘 셋
저 별을 보시구랴
햇득* 바라지게 웃고 달아나는 도로로사** 아 사랑을
또 그대로 견디지 않으면 어떻게 하오

빌어먹을 년— 하면 이가 시린 바람이라면서?
소용 있소?
내게는 쩍 벌린 손바닥밖에 없으니
농담도 받아 당해야 되는구려
내가 진정 민족을 사랑할 줄 아오? 하지만서도—
당신이 만일 나라를 사랑한다고 입을 연다면
아
나는 그 욕도 견디기로 합니다
민족이란 돌아갈 데 없는 사람들이란 말이오
뜻에 맞지 않는 아내의 집으로 돌아온 사람들이
고독한 것을 견딘다는 사실史實***이오

* 아이나 여자가 웃음을 참지 못하고 귀엽게 한 번 웃는 소리 또는 그 모양.
** 스페인어권의 여자 이름. 스페인어로는 '고통받는 자'라는 뜻을 가지고 있고, 이 이름을 제목으로 한 호
세 세라노의 소규모 오페라 작품도 있다.
*** 事實의 오기로 보임.

나라 아 좋소
또 사랑이란
슬픈 것을 견디는 수고요
그렇기에 나는
민족을 아노라 하오
더 슬퍼하는 것은 그 뒷일이오
짐을 놓은 어깨너머로 쉬어 넘는 바람들이오

내가 노래한다는 것은
내가 당신에게 안겼다는 말과 다른 것이 없겠소
민족도 사랑도 주권도
내 가슴에 안긴 당신의 첫날밤이오 또 마지막 날 밤이오

민족의 사랑
나래와 같이 가벼운 짐 자유가 아니오?
떨어지래야 떨어지지 않는
그리고 스스로 견디는 나래가 아니오?

제3부 포도葡萄

헌사獻詞
─미소공동위원회美蘇共同委員會에 드리는

화강석花崗石
천년 낡은 뜻은
산을 떠나
불기둥 됨이라
메어다 쌓아올린 성채城砦
굽은 어깨로 늙은
인민의 땀은 숭늉이러니까
혜에 저린
고마움이여
오장五臟에 배이도록
천년을 가는 것을─

천년을 가는 것은
청동青銅만이오니까
꽃을 날리고

가시 돋음은
뿌리를 지킴이라

미음 같은 땀을 삼키며
굵은 뿌리로 헤아리는
조국의 흙이여
네 바람 속에
안식을 나르게 할
나래 돋히려
천년을 묵은 인민의 어깨라

이제 때 정正히 왔음은
보람 헛되지 않음이니
역사가 스스로 구을리고 또
떨어트리는 과실果實이라
새삼스러히
혈서血書를 써서 무삼하리오
산을 떠나 불기둥 되어
일어선 우람한
성채는 바위라 그는 곧
인민공화국人民共和國 주권主權이니

요마妖魔 물러섬을 이름이오
방위方位
바로잡힘을 고告함이라

내 다시
경건하게 이르거니와
팽배한 세계의 조수潮水여
쏠리고 또 밀리는
민주주의의 흐름이여
네 바람 속에
깃들인 나래같이
활개 펴게 하여
천년 늙은
어깨를 가벼이 하라

태양太陽도 천심天心에 머물러

비원秘苑을 거니르며
우리 한때 이것은 정녕
우리들의 공원이 될 것이오
오백 명 대교향악의 반주로써
우리들 있는 목청을 다 울려서 천년을 두고
인민의 노래 부르자 하였더니

아 그보다 한 어진 시인이 있어
해방이 되었다 하던 날
'앉아보아도 좋고
누워보아도 좋다'고
팔월을 도저히 호을로 보낼 수 없는
팔월을 호을로 보내며
이제는 상해上海 같은 소갈머리가 되어가는 거리에
아주 누워버린 어진 시인을—

태양도 천심天心에 머물러
굽어보고 지나가는 팔월도
열닷새 날 다못 풍부한 것은
장마 진 흙탕물과
흙탕물에야 간신히 씻기운 우리들의 피

노래로 곡哭을 하는 강산이여
산천초목이 탈까 두려웁다 입마다
뿜는 불길은 아니다마는
붙는 불인들 보다 더 타는 가슴이랴

너는 차라리
백라白螺*를 불어
다시는 건질 길이 없는
천심千尋 바다 밑에
우리들 심화心火를 묻어주었으면 하리라마는

억년億年을 함께 있을 파도로다
우리들이 간 뒤에라도
노한 물결은
뼈 묻힌 산과 들은 살아 있음을
억년 후에도
해소海嘯**로써 알릴 것이라

---

* 흰 소라고둥.
** 조수가 빠지면서 바닷물과 부딪쳐 거센 물결을 일으킬 때 나는 파도 소리.

알리리로다 내 어찌
상여喪輿 나가는 것을 알리지 않으리오
진정 우리들의 악대樂隊
비원秘苑으로 들어가는 날까지
만 백만 상여일지라도
내 거리에 누워
노래로써 곡하기를 잊지 않으리라

'저 푸릇푸릇한 것이
하늘이로다' 어디메로 다
숨어버리고 말았는지
끝이 없어라

'아 하늘에 어찌
끝이 있으리오'

태양도 유심有心하야
천심天心에 머물러
잠시는 굽어보고 지나가는 팔월 열닷새

만萬에 한 번이라도
궁宮에 화상和尙이 들어가고
또 단청丹靑이 오르고
만에 한 번일지라도
내 손이 받드는 한 표에 필적한

주권主權이 서기 전에

어느 화여花輿

혼자 듭시게 하기 위하야

또 하나 다른 궁을 수축修築하는 끌

소리 들리기만 하여라

차라리 그 끌을 앗아

우리들 가슴에 박고

함께 넘어지리라

순이順伊의 노래

─국제무산부녀國際無産婦女데이에 바치는 노래

비도 뿌리지 못하는
마른 번갯불이
깨트리는 바위
뿌다구니만 다시 돌아서는 봄
설피한 내 갈빗대를 울리는 것은
과연 꿩만 잡는 총소리냐

한 사람도 아닌 백 사람
천 사람 만 사람 수수백만數數百萬의
목아지를 놓은 바람이기에
누구를 내어놓으라는지
무엇을 달라는 소리인지
내 정녕 헤아리지 못하겠다 허나
헤아리지 못한들
자유와 쌀을 달라는 소리밖에

이 땅에 또 무슨 아우성이
필요할 것이냐

자유와 먹을 것을
좀 먹을 것이 아니라 자유를
큰 자유를
이십 년을 두고 기다린
애비 눈동자는 창窓살을
내어다 보기만 위하야
하늘은 삼십 년을 늙어도

쓰러진 오래비를 위해서
비린내 나는 진달래도 싫다
소쩍새도 비켜라 다만
그 맑은 하늘을
커다랗게 커다랗게
그의 가슴 위에 얹어주어라

실소失笑도 허락許諾지 않는 절대絕對의 역域

봄이 오겠으면 오고
또 가겠으면 가시오
작약芍藥이 피려거든 피고 또
지려거든 지시오

뒷짐을 지고 걷습니다
한새 아모 데
쓸데없는 우리들 손일랑
착착 접어 뒷짐을 지고
그냥 돌아서서 갑니다

안녕히 계시오
민족을 사랑하랴걸랑 하시고
나라를 위하랴걸랑 위하시고
연설도 연회도 독립이라도

아 곤두박질이래도 하시오

우리들 뒷짐 지고 가는데야
하 죄罪될 것 무엇이겠소
무진강산無盡江山 구경하며
우리들 주렁주렁 돌아갑니다

돌아오는
우리들의 주권이 서기 이전
어느 놈의 손톱
어느 놈의 발톱도 거부하는

차아嵯峨한* 바위
이곳은 실소도 허락지 않는
절대의 역
아 우리 주렁주렁 뒷짐 진 인민은
뼈를 뼈를 흙 속에 아니라
차라리
저 바위 가슴에 묻으리다

봄이 오겠으면 오고
가겠으면 가고
진달래 붉은 술도 좋을 것이고

| * 높고 험한.

또 피 묻은 손을 씻으랴거든
예대로 드리운 항복이오
버들잎도 훑어
굽이굽이 흘리시오

흘러서는 갈 수 없는
우리들의 발이오
갈 수밖에 도리 없는
우리들의 길이오
세상이 다 형틀에 올라
피와 살이 저미고 흘러도
모든 호흡이
길버러지같이 굴복하여도
주권이 설 때까지는
아지 못하노라 하는 거부의 역域
바위 속으로 들어갑니다

기르기를 즐긴다는 오월五月 태양太陽과

비린내 나는 정갱이
할딱거리는 병아리 가슴으로
뛰는 마라송
슬픈 소년의 자유밖에도
하늘을
치어다볼 수 있는
또 하나의 자유가
아직 우리들에게 남았기로서

낳고 기르기를 즐긴다는
오월 태양과 어진 하늘을
우리는 믿었기에
작약이 필 때까지도
머무르지 못할
너 잠시 들른 오월

정말 친일파 때문이라고 외쳐도
혁명가에게는
다시 피해야 될 암흑이 있어야 하겠대도
곧이 안 듣는 해괴망측한 곳이
남부 조선이라면
너는 그래도 알 것이 아니냐

오는 해
리라꽃이 만발할 때에
하늘을
아 너를 치어다보던 얼굴이
다 보이지 않거든 진달래 붉은 넋은
근로하다 쓰러진
생주검들인 줄만 알고

쓰러져도 쓰러져도 그러나
두견이 울거든
굽이치는 진달래
파도는 무덤들이 아니라
눌리고 짓눌려서
한데 엉긴 붉은 인민의
심장인 줄만 알아라

내 이제 무엇을 근심하리오

호을로 설 수밖에 없고 또
호을로 도저히 설 수 없는
해바라기
매듭도 없는 줄거리는
내 스스로든지
혹 다른 이든지
혹 비겁이든지 슬픔이든지
어쨌든 약함이여
그러나 또 견디는 것이기에

내 이제 무엇을 근심하리오
열 겹 스무 겹
백 겹 천 겹으로
해바라기
호을로 서 있음을

만 겹 백만 겹으로 싸고 또
싸돌아가면서 꺽지 낀 그대들의
두터운 어깨는
태산泰山이 아니오?

태산이오
태산, 태산같이 큰
저 위대한 주권의 은총이니
Ipse dixit*
이십 년 삼십 년을
바위를 흙가루인 양
꾸역꾸역 밀고 일어선 송백松柏이오

그 넓고 든든한 잔등에
내 업히어
겨우 바람을 피하는
여윈 넝쿨일지라도

내 이제 무엇을 근심하리오
강함과 약함이
하나인 영도권領導權이오 또
영도자領導者인 그대여
그 말이 있거늘

| * 라틴어의 관용적인 어구로 1. 그가 그렇게 말했다(동양의 '자왈子曰'과 유사), 2. 독단적인 주장을 의미함.

다만 주검 직전까지
복무服務 있을 뿐이외다

낙동강이 또 두만강이
가차이 내 발을 씻고 흐르고
인민과
인민의 영도자가 계시고
그 위에 하늘이
비를 아끼지 않거늘
내 몇 방울 피를 아껴 무삼하리오

흘린 보람 없이
내 그냥 가더라도 흘린 보람이
내 아들
아들의 아들에게 돌아갈 것을 믿고
눈 감아도 좋을 것이옵니다.

제국帝國의 제국帝國을 도모圖謀하는 자者 (월트 휘트맨)

—미국독립기념일美國獨立記念日에 제際하여

필라델피아 북미주 은행이

그 기둥 밑에 정부政府를 깔고

또 모든 세민細民*의 주방으로

불弗 이하까지 수입이 통했을 때

황금에

또 황금 무게에 그 나라가 기울 때

'제국의 제국을 도모하는 자'

그는 벌써 생무덤이기는 하였으나

거기 확실히

인민의 이름으로써

쐐기의 단斷을 넣기 위하여

백악관에 들어선 위대한 인민의 종

앤드루 잭슨**을 일칼으되

* 수입이 적어 몹시 가난한 사람.
** 영미전쟁에서 민병대를 인솔한 전쟁 영웅으로 1828년 제7대 대통령으로 취임한 최초의 서부 출신 대통령.

진흙 발로써
어찌 궐 내를 더럽히느냐

찡그린 무리들의 후예
정녕 조부 고조부는
근로하는 세민이들을
아는지 모르는지 백 년 후 오늘
태프트 · 하트레이
노동법령勞働法令*을 통과시킨 자 아니냐

게르만은 만유萬有의 위에
그러하기 위하야 우탄**은
침수례沈水禮***를 거부하고
오른쪽 팔을 들어 일컬으기를
"이는 검劍을 잡을지이니" 하였거니와
잡았던 자 이제
민주주의가 승리한 아늘아짐
어데 가서 쓰러졌는지
태프트 사상의 종류여
소돔 고모라 아니
백림伯林**** 아니

---

* 태프트 · 하틀리법Taft-Hartley Act. 1947년 제정된 미국의 노동 관련법. 노동조합의 부당노동행위에서 사
　용자를 보호하기 위한 여러 규정을 담고 있음.
** 게르만 민족이 숭앙한 오딘Odin으로 보인다. 고대 인도어로는 보탄Wotan 등으로도 불린 천지와 인간의
　창조자이며 '창을 던지는 자', '전사자의 아버지' 등으로 일컬어진다.
*** 몸 전체를 물에 담그는 방식의 세례.
**** 베를린.

프랑켄슈타인의 집으로까지 갈 것이 없이
가차이 흐르는
머시시피 흙탕물을 디려다보라

흙탕물
과연 흙탕물이다 어데멘들
아니 흐를 법 없는
혼탁한 파씨즘의 흐름이여
그리로써 하야 석유는
서반아西班牙로 흘러가는 것이냐

오만五萬 생령生靈이
마드리드 바로 피앗자*
지하옥地下獄 썩는 냄새를 막기 위하야
다섯 가지 경찰로써 하여금
향수를 뿌리게 하고
칠야漆夜에 미소하며 염주念珠를
'에리에리' 구을려
주검을 헤아리는
프랑코의 흰 손을 다시 잡기 위하야

아 내 어찌
이렇게 은혜 모르게 되었느냐

| * 피아차piazza. 이탈리아의 도시 광장.

슬프도다

'자유'를 차라리

마지막 한 모금 물로써 바꾸지 않은

'독립군獨立軍'의 의義를 용勇을

다 그만두고라도

제퍼슨 페인*의 아름다운 사상을

또 그 뒤에 저 많은

민주주의의 계승을

그리고 대작大作하는 바람의 자최

저 위대한 산천을

유카리** 정정丁丁한

록키 산맥으로써 뻗은

근로인勤勞人의 발자최를

쎄이지·부럿쉬*** 완강한

사막을 다스린 땀의 고임과

믿음을 위하야 호을로 흘립屹立한****

브리감의 도시를

중천中天에 소리개

도리어 같이 뜨게 하는

* 제퍼슨(Thomas Jefferson, 1743~1826)은 미국 독립선언서를 기초한 '미국 민주주의의 아버지'라 불리는
  정치가이자 제3대 대통령. 페인(Thomas Paine, 1731~1809)은 미국 독립과 프랑스혁명의 정당성을 주장
  하고 자연법에 따른 인권을 옹호한 영국 태생의 미국 정치 평론가.
** 유칼리, 유칼립투스eucalyptus 나무.
*** 세이지브러시sagebrush로 보임. 세이지 브러시는 북아메리카 서부의 건조한 초지와 산지에서 자라는
    식물.
**** 높이 솟은.

'대계곡大溪谷'의 장엄은 또 그만두고
와이오밍에서 코로라도
기름진 평야로 들어서는
옥수수 밭고랑 고랑은 진정
내 고향과도 같이

어데 어데를 가도
'자유' 그 말에 방불彷彿한 토지를
파씨쓰타의 무리여
너희들 까닭에 나는
휘트맨의 곁에 가차이 설 수 없고
또 이날에도
찬가로써 하지 못하고
두 폭 넓은 비단 청보靑褓에 '원망'을 싸는도다

음우淫雨[*]

담 뒤에 뚝다거려서 짓던
전재민戰災民의 지붕은 널장이든데
이 비를 무엇으로 막는가
열세 대가리 머리털로 막는가

오늘 저녁 굴뚝에
연기 오르는 것을 보지 못하였는데
빗물에 불이 꺼졌는가
어린것이 떼쓰는 소리만이라도
함경도 사투리가 아니면
아 원수의 고향
견디기 나으렸마는

* 농작물을 해치는 장마, 궂은 비.

서간도서 왔는지 북간도서 왔는지

보소 아무리 배고파도

수마睡魔는 그래도 종내 오고 말 것이오

상마사야桑麻四野* 꿈이나 꾸면서

좀 더 기다려봅시다

꿈이 곧 내일

화광동진和光同塵**이 아닐는지 누가 아오

이 빗물에 테로는 또

칼을 갈는지 모르나

제아무리 하여도

세상은 도로 잡힐 것이오

* 뽕나무, 삼나무 우거진 벌판.
** 빛을 부드럽게 하여 속세의 티끌에 같이한다는 뜻. 자신의 재능이나 지덕을 감추고 속세 사람들 속에 동
  화되어 섞임.

임우霖雨

이렇게 장마가 한창일 때
산으로 들어간 사나이가 있었다
발광한 것도 아니오
그렇다고 수연修然히* 숲에 들어가
삼매三昧**를 찾음도 아니었다
순사에게 쫓겨 산으로 들어갔던 것이다

푸실푸실 끊이지 않고 내리던 날
지붕 위에서는 잿물 같은 낙숫물이
쭈룩쭈룩 떨어지는 오후午後였다
노파는 노체露體 황황惶惶***
누구 메투리든지 아모게나 끄을고

* 바르고 삼가는 모습으로.
** 불교에서 잡념을 떠나서 하나의 대상에만 정신을 집중하는 경지를 이르는 말.
*** 노체는 알몸, 황황은 갈팡질팡 어찌할 바 모르게 급히.

산으로 따라갔다
그것은 내 동무의 어머니였다

후념後念

억조억億兆億 줄기 더운 빗속에
빙점氷點으로 내려가는 장자腸子
테로는 또 생명을 앗아갔다
아 생강이래도 있으면
푹 다려 마시고
독한 엽초葉草나 피우고 싶은 밤이다

해바라기 화심花心

해바라기 화심은
태양의 소이연所以然*

모든 것의 순환을 한정限定하는
무한無限이 여기 돌아가

물을 기르는 것이 또
마르는 것을 모르는 바다 있음을 알리고

해바라기 화심은
청춘의 등분等分

죽는 것과 사는 것이 둘이고

| * 그리된 까닭.

또 하나인 천년 잠열潛熱

어느 것이 먼저 가더라도 항상 남아
타는 지속

해바라기 화심은
조척거리照尺距離* 밖에 물러앉은 태양

일테면 우리들
청춘의 신

| * 총으로 목표물을 조준할 수 있는 거리.

Y에게

할 수 없이 카토릭이 된 사람아
나는 어떻게 하면 좋으냐

먼 나라로 가기 전에도
칠천 리 바다 저쪽에서도
또다시 저 남산 위에

하늘빛과
마음은 항상 같으구나

같은 것이 무엇이라는 것
너로 말미암아 비로소 알았다마는

법이 있고 또 문제가 많은데
같은 것이 무슨 소용이랴

그리고 너는 어디론가 간다고
사람들이 혹 말을 전하는 것이다
가거라
부디 좋은 사람에게로 가거라

포도葡萄

얼마나 많은 주검들이기에
이렇게 산으로 하나 가득
제물을 바치었더냐

우리 애기 머리같이
말랑말랑한 착한 과실果實일지라도
죄를 구대九代에 저리게 할
단한 이빨 앞에서는

하로밤 사이에
소금으로 변하는 예지

포도는
육체와 영혼 사이에 서서
위태로이 떤다

무심無心

—여운형呂運亨 선생先生 작고하신 날 밤

절명絶命

고위지제지현故謂之帝之懸이 해해解이로다*

그러나 다사한 말을 다 그만두고

고인에 대한 모든 판단을 중심中心하자

그러자 어두워지는 천상에

대풍大風 이전以前의 정식靜息이 가로놓인다

등불이 잠시 꺼졌다

우연偶然이 이렇게 태허太虛에 필적匹敵할 수가 있느냐

* 『장자』「양생주」에 나오는 이야기로 노자가 죽자 벗이었던 진일이 조문을 가서 곡만 세 번 하고 나온다. 이
를 의아하게 여긴 제자들에게 진일은 죽음을 슬퍼하는 것은 자연의 이치를 이탈하는 것이라고 말한다. 하
늘의 뜻에 순응하면 슬픔이나 즐거움의 감정이 마음에 들어가지 못해, "옛사람은 이를 일러 상제가 매달
려 있는 것을 풀어주었다고 한다古者爲是帝之懸解"라는 구절에서 가져온 것으로 보인다.

산천이 의구依舊한들 미숙한 포도葡萄
오늘밤에 과연 안전할까

우두커니 앉았음은
방막厖莫한 땅이냐 슬퍼하는 것이냐

오호嗚呼 내일 아침 태양은
그여히 암흑의 기원紀元이 되고 마는 것이냐

송가頌歌

주검을 끌어안고
노래하는 땅이여
노래하며 또 호곡號哭하지 않을 수 없는 나라여
나라를 맞이하는 노래와
나라를 보내는 통곡慟哭이 조용히 끝이 나면
청춘을 고이 받아
두터이 묻어주는 고마운 흙이여
그러나 또다시 노래와 통곡을
길게 길게 전하는
골짜구니의 종심縱深이여
네 어찌 다만 산이오 드을이랴
엎드리면 심장이오
또 쓰러져 누우면
떳떳한 조국이라
우리들 함께 아는

진리와 영원은
바위에 새긴 죽은 율법이 아니라
저마다 끌어안은 주검이라

최후를 모르고
주검을 놓지 않음이니
놓았다 하라 벌써
영원에 다음이오
오는 생명을 위한 번식의 시초라

다만 아지 못할 동족이 있어
살 베이고 뼈 앗음을 일삼아
지속持續을 자르다 그러나
잘러도 잘러도 크는
청춘의 육체는 흙이라
악에 모반謀叛하는 뿌리를 지키기 위하야
흙은 숨을 쉬고 자지 않음이라 다만
야차夜叉와 같은 동족이 있어
역사에 밀린 단층斷層의 최후를
세 뼘 칼끝으로 지탱하랴고
매암돌이 몸부림치는 너 비리非理
둔천배정遁天背情*의 희생은 다만
떨어져 죽지 않는 포도葡萄라

| *『장자』「양생주養生主」에 나오는 말로서 인간의 생사가 정하여진 것을 일부러 위배하는 것.

청춘의 넋의 약하고 또 강함이여
그대 위하야 산천에 노怒한 포도葡萄
백태白苔를 뿜고
종야終夜 통곡하야 피를 흘리다

강산은 흘린다는 뜻이라
바위에 물을
삼림에 바람을
드을에 열매의 둥그러함을
화판花瓣을 벌리고
꿀을 이끌라
꿀을 마시고 나라에 부복仆伏함은
내 결코 취醉함이 아니라
일어서서 등고登高함이니
억울한 땅이
다만 야차의 집인가 피 산천인가

아니라 보라
군청群青일세 파도라
만경萬頃 해소海嘯
밀어올린 뭍은 꿈틀거려
살아 있는 천지 곧
응천應天하는 해방의 상징이라
무산茂山 풍산豊山 마천령摩天嶺으로
같이 넘은 남도南圖의 깃은 토조土鳥의 뜻

동일 언어의 선행先行이오

유목游牧 이후의 발견이라

착락참치錯落參差*

만이천 봉마다 인연이 서리워

함께 다시 뻗은 봉오리 봉오리마다

인민 봉화 기다리는

강토疆土의 정점頂点이니

등곬으로써 전지傳之하는

장백산長白山 오태산맥五台山脈은

인민 모반母盤의 탯줄이라

어느 골엔들

신생新生을 영위하는 출혈이 없으리오

나라의 슬픔이

골짜구니마다 들어찼다 함은

태동胎動의 아픔을 이를 뿐이니

들으라

불사不死의 곡신谷神조차 몰아내는 함성을

눈물을 북망北邙에 봉封하고

수백만 청춘의 똑같은 눈초리

타는 초롱불

봉화재로 오르며

구천九天에 올리는 헌가獻歌를

| * 착락은 물건이나 생각 따위가 뒤섞임, 참치는 가지런하지 못하고 서로 뒤섞여 있는 모양.

불이 꺼진들

봉화대가 아니며

뿔이 꺾인들

황소가 아니랴

모든 산상山上이 강토의 정점이듯

모든 가슴은 사상의 초점이라

이로써 가히 조국이 섬이오

이로써 비로소

조국이 풍양豊穰함이라

이는 다시 황주黃州 장단長湍벌

김제金堤 하동河東 드을에

수백만 청춘의 팔뚝같이 여문

열도熱稻만을 이름이 아니라

거기 벌써 서리 잡는

공화국의 주권이라

금강錦江은 서방西方도 좋을시고

두만강豆滿江은 동북방東北方도 좋을시고

상류上流 상상류上上流

무슨 열매 어디 맺혀

익어가는 핵核은 민권民權

종심縱深으로조차 흘러오는

피 묻은 낙화 또한

우리들만이 아는 소식이라

머지않아 부전赴戰*에서 쏟아지는

| * 전쟁에 참여함.

인민 전력電力으로
남해南海 완도莞島
완강한 암흑을 몰아 쫓을 것이라

아직은
성문을 닫아두라
그대 의지와 두터운 입술과 함께
굳이 닫아두라
대대代代로 노怒한 포도葡萄
저린 이를 모도아
탁목조啄木鳥 수심樹心을 울리듯
그대들이 으드등 갈고 무릎을 꺾는 서리
아닌 그대들 땀이 땅에 말라 쌓여
소금 기둥 되어서
일어서는 주권이
내 이마에 닿을 때까지
적의 교량의 설계를 거부하고
길을 끊으라
실어가지 못할 것을 실어가고
테로를 운반하는
튜럭을 거부하기 위하야
괭이를 잠시 이곳에 쓰고
성문을 굳이 닫아두라

반가反歌

지나가는 호랑나비야

똑같은 수백만 눈동자의

푸른 해심海深을

어찌 헤아린다 하느뇨

비말차운飛沫遮雲*의 헛됨이여

가슴 가슴마다 타는

해바라기

붉은 사상의 태양을

무엇으로 막으려는가

| * 날아 흩어지는 물방울과 가로막는 구름.

스케치

앞에도 뒤에도 허무하고 후리후리
위로운 조선 사람들의 나무 포프라 없이
원경遠景은 가능할 수 없이 몇 십 년이 되었는지

포프라로 오는 길은 마름의 길
자전거 탄 순사부장巡査部長과
정미소 주인과 식은殖銀* 지점장의 길

지점장이 서장을 모시고
이등차 타고 서울로 가고 없으면
잠시 고향 같은 하늘이 트이기도 하는 신작로

먼동이 터서 밝아도

* 조선식산은행.

앞길이 캄캄한 포프라로 가는 길
호출장呼出狀의 의미를 알 수 없는 길
구실돈*을 바치고 사식私食을 넣고
돌아가는 길 소걸음이 느려서
아배는 소와 같이 느린 것인가
벌목伐木은 정정丁丁이라드라마는
앙강퀴 바뒤**를 악물은 뿌리를 뜯어
무쇠솥에 나르기 위하야
송탄유松炭油 같은 땀을 흘리면서 살아지든 길은
나만 알던 길인가

이후以后가 미상불 다시 이전 풍경인 것을
길고 넓게 무슨 화폭畵幅이 필요할 것이냐
귀한 자유 칸버쓰는 미구未久한 날을 기약하고
다만 뿌연 사진砂塵을 일게 하고
군용軍用 튜럭이나 한 삼백 대 넣어두자

반전反轉하면은

앞에도 뒤에도 허무하게 후리후리한
외로운 아이들이야 간신히 쳐다보고
의지하는 해바라기 없는 근경近景이
가능할 수 없이 몇 해를 더 갈는지 몰라도

* 어떤 명목으로 바치는 세금이나 뇌물 따위.
** 바다나물.

144

해바라기 정원庭園은 그래도
스스로 사상思想하는 자기自己에 놀라
고맙울진저 천리민심天理民心이여 길버러지의
계량計量 이하以下의 예민銳敏과
원圓 이상以上으로 팽창하는 과육果肉의 충실과
이듬해 봄 생명의 지속을 위하야
일제히 물러앉는 황엽黃葉의 용기와
휘엉청 포프라 심청深靑 끝까지 자라는
소년들의 유구悠久한 시선視線으로 써도
오늘은 족하다

추녀를 나즉이 하고 귀를 새오려
길버러지 호흡을 듣고 예지에 통하는
순간을 아다시피 최대의 시간
그대 최고의 사상이 익는 때
해바라기 생리生理에 필적한 바람개비를
어찌 마음 있이 우스리오
동동남에서 동남으로 아니 찰나찰나
키를 잡아 확호確乎한 아 등신
바람개비도 무지無知한 인간 앞서 물리物理에 통하다

비는 또 흙이 기다리는 것으로써 하여금
믿고 내리는 것이
기온이 내려가도 천리 민심을 아는 것이
나 홀로 비록 하잘것없이

다만 시詩로써 절대를 뚜드리는 도로徒勞에 넘어져도
물방울은 하나하나 바위를 쪼았는데
그대 어찌 거연然慊히 풍경風景 뒤에 제어諦語*하리오

---

* 불교에서 정어正語와 같이 쓰이는 용어. 정어는 팔정도八正道의 하나로 바른 말을 뜻함. 거짓말, 남을 헐
뜯는 말, 거친 말, 쓸데없는 잡담 등을 삼가함.

상망象罔*

黃帝遊乎赤水之北登乎崑崙之丘而南望

還歸遺其玄珠使知索之而不得使離朱索之

而不得使喫詬索之而不得也乃使象罔象罔得之

—『莊子』「天地篇」

아 내 사연이야 이루 사뢰어 무삼하리요 다만

자비로운 아배의 집에서 하루아침

나는 억울한 도적이 되었소

글세 몇 해를 더 갈 것인지 차차

굳어지는 혓바닥. 알아듣지 못하시더라도

글세 어떻게 하면 좋을 것인지 나도—

* 상망은 『장자』 「천지편」 우화에 나오는 인물로 황제가 잃어버린 검은 진주를 찾아내는 자이다. 검은 진주
는 진리를 의미하며 황제가 이것을 찾아오도록 시켰던 자들은 지知, 시력, 말재주 등을 뜻하고, 상망은 있
는 듯 없는 듯한 상태로서 '마음을 비운 자'이다. 망상이라고도 하는데 '무심無心'을 상징한다.

네! 물론 내가 미쳐서 무슨 모진 살을 들어내어
놓는 것이라면 자손이 두려웁겠소 오직
퉁소가 불어졌다는 말씀이외다 믿지 않으시거든
맥脈을 잡아보오. 푸른 콩 같은 염통이오 그야
번호 없는 지폐나 이유 없는 살육을
믿으래야 믿을 수 없었기 죠나단 스위프트

기막혀 대갈大喝하기를
"아 이 지경 동족을 모른다 할진대 차라리
우리 어린것들 살덩이 만만한
생후 오 개월에 통조림을 맨들어라"

그러기에 아포로라고 덮어놓고 믿을 수 없는 것은
삼천 년 전에도 초열삼복熱燋三伏에는 청춘의 신
주검의 사자使者 되어 무지할 수밖에 없어
카네이오쓰 아 바로 어제의 아포로의 손아귀에
눌리지 않은 목덜미 몇이 남았던가
그때는 물론 삼천 년 전이니까 일제시대는 아니니까
경찰서*라는 것이 없었겠지 그런데도 어떻게

스팔타 국민은 역기力技로 사람을 잡았던지
카르네이야 대회 선수파견만세는
헤이디쓰의 주권 푸루토의 주최였고 그보다도—

| * 원문표기 警寒署는 警察署의 오식으로 보임.

무슨 소린지 통 모르실 것이오 하지만
우리 다 아는 서풍西風인 것을 알아 무삼하리며
그대야 아신들 그러잖아도 또 모르는 소릴 터인데
다만 내가 하는 소리는 모르시더라도
문을 닫고 앉아 있어도 무서운 것
호랑이 아니라는 것
다 아시는 사실이 아니오니까 그보다도

내 말이 거짓인가 돌아다보시오 말을 달리고
쏜살같이 달려오며 화살을 쏘는 것
어제 만났던 청춘의 신
쓰러지는 니오베의 아들과 딸을 금빛머리를
받드는 것은 자비로운 대지의 신 데메터
그러니 땅뿐 아름다운 눈들이
차례로 오림포쓰 구릉丘陵을
감아버리오

감아라 감아라 눈이거든 감아라
다 가고 없는 땅에 무엇이 있다고―

이렇게 하여 니오베는 돌이 되었소
이렇게 하여 바위에마다 비가 내려
눈물인지 샘물인지 가시고 없는 땅을
누가 오롯하게 분별할 것이오?
이렇게 하여 나는 미치고

이렇게 하여 내 혀는 천년千年을 앞에 두고
굳어졌소이다

천년이 아니라 바로 미구未久에
단단한 널장 밑으로 삭풍朔風은 화살같이
뼈 쑤시는 긴 겨울밤 이전에 몸을 피하여
북악北岳이든지 또 어데서라도 잠시 감았던 눈을 피하여
해도 솟기를 주저하는 그대의 잠시 훔친 휴식이
이제는 이렇게 하여 길어지는 가을밤
휴식할 필요도 없이 눈을 감고
아주 감아버린 호심湖心 같은 수많은 눈들을
북악산 모루에
추풍 끝에 어름풋이 익히고 지나가도
다시 만날 길은 없고 다만 니오베 자모慈母같이
얼어붙어가는 땅을 어루만질 것이 아니오?

헤이디쓰 불지옥 물지옥 문을 지키는
개 이름은 무엇이든가*
이번에는 그대 위하여
또렷이 알어두리 모시크로쓰 산
바위에 못 박혀 소리개의 밥이 되어도
너의 원수 헤파에로쓰 천벌을 받고
불기둥 십자가를 지는 날까지

| * 원문의 '무개일홍은 었이든가'는 오식으로 보임.

150

하늘에서 불을 앗어온 우리 은인恩人
프로메듀쓰를 위하여
상망이 구슬을 찾아오는 날까지
차디찬 바위가 되어 벙어리로 천년을 가리라

제 **4** 부 제신諸神의 분노憤怒 · 그 후

우일신又日新

새해라도 그만 아니라도 그만 차라리 편한
계명鷄鳴이 트는 먼동에 돌아누운 채
다시 한 번 모진 허울 벗기우는 땅이 있어

갈 사람들은 종시 가지 않고
견디다 못한 사람들이 도리어 떠나가는 알 수 없는 땅이 있어
후손後孫은 천지天池라 서운瑞雲은커녕
뫼초리 털 밑만한 온기溫氣도 모르고

거적 같은 이불때기 밑에
올뱀미 눈을 뜨고
단벌옷이 마르기를 기다리는 땅이 있어

마천령摩天嶺 구십구九十九 곡曲

새옹*을 걸메고 떠나 아조我朝를 버린
두문동杜門洞 십대조十代祖가 차라리 그리웁도록
추운 새벽

날이 밝아보았자 장리돈 이자利子나 늘어가는
날이 오고 또 가는 것을 그래도
형기刑期가 짧아지는 날이 저물기를
기다리는 자부子婦의 땅이 있어

내 비록
그대들 신들메** 풀기 감당치 못하여도
사망四望이 예대로 서고 정기正氣 비롯한다는 날
나도 동족인 것이
어찌 지꽃이 사특하리오마는
오작하면야
육주六酒 위에 정안수 떠놓고 올리는 세배
같이 못하고 잠꼬대같이
저 흔한 동치미 국물을 찾는 목아지
모진 목숨이 되었으리오

고명하신 동방박사 세 분이시여
저마다
오릇한 예수밖에 될 수 없는 순간이요

* 새옹, 놋쇠로 만든 작은 솥.
** 들메끈, 신이 벗어지지 않도록 신을 발에다 동여매는 끈.

156

재 되고 무너진 거리일지라도
돌아앉아 눈뜨지 못하는 담 모퉁이를 더듬으사
뼈 소리 소리 아닌 말 말 아닌 아―
보다 나은 복음이 있거들랑
우리들 구유에 보채는 핏덩이 앞에 오소서

작별作別

풍로風爐 밥 끓이는 무연탄
부채 길에 좀처럼 타지 않는 내음새
갑자기 고향같이 찌르는 신설리新設里 으슥진 골목

오늘은 섣달 그믐께라 그리도 보이리만 어찌 이렇게도
무수히 한 군데로 쓸어 몰려
포리捕吏 아니면 집달리執達吏 기다리는 표정으로만 가득한 것인가 그
래도
체온 이하에 사는 겨레들 속에야
간신히 그는 쫓긴 몸을 그 아내와 함께 감출 수 있었다

느티나무 앞을 지나면서부터 앞뒤를 살펴야 하고
늘 하는 말버릇대로 무슨 몹쓸 죄를 지었기
이렇게 비겁한 음향을 또닥이지 않으면 안 되는 것인가
다시 지나가는 행인을 눈치로 살피기

어진 것과 악한 것으로만 나눠야 하면
슬며시 열리는 뉘 집 아래채 빈지문으로 그의 아내는
나를 맞아들이는 어둡고 또 좁은 방

악수하는 습관도
이제 와서는 이방인의 시늉 같아서 진작 버리고
차라리 무릎을 마주 대고 앉는 것으로
체온을 나누기로 하였거니와

그는 나더러 목소리를 낮추라고
어깨를 쭈빗 안으로 드나드는 정체 모를 청년을 암시하고
흰 손을 들어 입을 잠시 가리다

햇볕을 보지 못한 손— 자디잔 글씨를 줄창 쓰던 조고마한 손이다
쉴 새 없이 성명서 항의문 시 그리고 한 마디 혹 두 마디 급하고
또 엄숙한 편지를 써 보내던 손이다

온기 없는 방에
아랫목이 따로 어디 있으리만
그의 아내는 굳이 나더러 벽장 아래 앉으라 한사코 우기는 것이야
겨우 우리 잠시 나누는 웃음이라
오늘은 서로 잠시 헤어지는 날이다
웃음이 좀 헤픈들 어떠리 나지막하게 웃노라면 이러는 사이에도
준엄한 것이 있어 냉혹하게 지속하는 것을 알리다시피
몰아붙이는 삭풍은 밖에 게으르지 않고

그러면 옷이나 두터이 입고 떠나야 되겠다고
그의 아내 많지도 못한 옷을 가려보다가
포개 입으면 얼마나 더 가지고 갈 게냐고 치워버린 다음
윙윙거리는 바람 소리를 미닫이로 듣는 것은 침묵—

십 년 이십 년을 두고
술이 괴이듯
한순간도 헛됨이 없는 것

비록 세 사람뿐이건만
우리는 실로 믿버웁다

천애天涯 지각地角에 또 하나
이와 같은 방이 있어
거기에도 둘씩 혹 셋씩
사상思想하는 호흡 침묵이 있어
십 년 이십 년을 순간으로 헤아리기
탄생 이전과 주검 이후로써 하는 길

셋과 또 저 세 사람이 만나
여섯 사람의 굵은 심줄로 잡아다리는 것
민주주의의 두터운 기旗폭
그는 비싼 승리다

그것을 믿기에 떠나가는 것이요

그것을 믿기에 슬프지 않은 것이다

진실로 슬퍼할 필요가 없는 세대
꾸준히 바람이 불어서 넘어질 것은 다 넘어져가고
꾸준히 봄이 와서 임트고 자랄 것은 자랄 뿐인 것
다못 잠시 우리들에게
적당한 암흑이 필요하고
다못 잠시 크로코다일의 무자비와
다못 잠시 땀과 손이 필요한 것이다

그는 눈을 감고 있다
녹번리碌磻里 고개 넘는 튜럭 길
두고 가는 어린것들 눈에 밟히는
곧게 뚫린 눈벌판
한 줄기는 통일에 닿은 길
떠나가면서 이윽고 나를 쳐다보고 하는 말
"몸조심하오"
하고 다시 이어
시 네 편 쓴 것이 있다고 주머니에서 원고지를 꺼내는 것을
그의 아내는 희롱삼아 가로채어
내 한 번 읽을 것이니 들어보라고
"서울—"
하고 희롱도 할 수 없는 낮은 목소리
남편의 말투를 닮아버린 것을 자랑하던 낮은 목소리—
그는 남편의 사상을 반석같이 믿었고

그는 항상 남편의 밤을 지키었고
열흘 스무 날 남편이자 곧 동지인 사나이에게
밥과 인쇄물을 날랐고
하루를 잠시 목침에 가지런히 누웠고
그러는 사이
서울 장안에 많은 것이 골목이라는 것을 깨달았고
모든 골목은 또한 뚫린 것을 알았고

그리고 이렇게
남편의 말투로
남편의 시를 읽었다

윙윙거리는 바람 소리를 미닫이로 듣는 것은 침묵
그것은 청춘과 시와 행동 속에서 괴이는 술―혁명

동해수난 童孩受難

너는 나보다 작고 또 작은데
자꼬 달라는 것이 허무하구나

내가 너를 업고 네가 내게 업혔는데
우리는 어찌하여 구름같이 가벼우냐

꾸어다 먹은 보리쌀을 갚지 못하여
산은 푸르지 못하는 것이냐

아가 텅 비인 아가
내 품속같이 텅 비인 아가

길은 원래 십 리라 먼 것이 아닌데
너는 어느새 나를 닮았느냐

수수깡을 짜먹느라고
네 이빨은 벌써 하얗게 늙었느냐

그러나 아가
이불보다 두터운 밤이 올게다

가벼운 것을 즐기며
죽은 듯이 같이 자자 그러면

내일來日 아침
참새를 잡아주마

광주리 덫을 놓고
온 하늘에 참새를 다 잡아주마 그리고

내년에도 겨울은 올게다
눈이 오시거들랑 목침만한 메주도 쑤자

수수깡 껍질에 메주콩을 끼어
너와 나의 심사 같은 눈 속에 파묻었다 주마

아가 텅 비인 아가
아 병 없이 시드는 아이에겐 밥이 약인데
해는 어쩌자고 다시 길어지는 것이냐

무舞

연륜같이 자라는 허리를
끌어안아서 모자랄 허리를
땀으로 깎으면서 육체는
청죽靑竹에 필적하여 가다가

피부는 온통 잠을 깨고
잠재우기 저렇게 어려운 분노를
끌어안기가 힘이 들어 쪼개지는
살은 연륜을 타고 청춘 때문에 자꾸 자라서

머리를 치어드는 것
하늘이 무거운 것을 받드는 것으로 하며
어깨를 들기 전에 육부六腑를 비틀고
육부를 비틀기 전에 청춘春靑*은

| * 원문 春靑은 靑春의 오식으로 보임.

배꼽에 사모쳐

한 팔을 드는 것
지평선에 가지런하여
폭압을 견디는 어깨들과
책임을 하나로써 하며

한 걸음 옮겨놓되 사랑이 깰까
저어하는 시늉인가 시늉도 아닌 것은
맵시 이전을 밟고 선
조국 땅일게라 사뿐 떼는 길
천리가 지척인 유배길

낮추어서 죽은 듯이 우리 호흡을
주검에 가차이 낮추어서 그리는
포물선은 등허리
돌아앉은 강산을 넘어
우리 함께 가는 길일게라

조국으로 가는 길
어데 감히 응지凝脂 들어설 자리 있으리
다만 땀으로 깎은 육체肉體는 청죽
청죽마저 멀리 물려놓고
다만 무거이 뜨는 눈
하늘에 성신星辰을 들이삼킨

눈으로 마주치는

우리들 잠을 버린 눈으로써

다만 내일來日의 조명照明을 삼는 게라

진리眞理

바늘끝 차거운 별이 총총
가시 같은 밤에

또 총소리가 들린다
낙산駱山 바위 같은 심장이 또 하나 깨어졌다

민주주의자의 유언은
총소리뿐이다

총소리를 들은 모든 민주주의자가
조용히 이를 깨문다

그러자
또 총소리가 들린다

진리는 이렇게
천착만공千鑿萬孔이 되어야 하느냐

아 정말 신이래도 있으면 좋겠다
우리 편인 신이—

제신諸神의 분노憤怒

이스라엘의 처녀는 넘어졌도다
넘어진 사람은 다시 일어나지 못하리니
조국의 저버림을 받은 아름다운 사람이여
더러운 조국에 이제 그대를 일으킬 사람이 없도다
　　　　　　　　　　―『구약』「아모스」5장 2절

하늘에
소리 있어
선지자 예레미야로 하여금 써 기록하였으되
유대왕 제데키아 십 년
네브카드레자*― 자리에 오르자
이방 바빌론 군대는 바야흐로
예루살렘을 포위하니

---

* 유다 왕국에 침입하여 예루살렘을 함락시키고 사람들을 포로로 데리고 간 신바빌로니아의 왕.

이는 이스라엘의 기둥이 썩고
그 인민이 의롭지 못한 까닭이요
그들이 저희의 지도자를 옥에 가둔 소치라

하늘에서
또 하나 다른 소리 있어 일렀으되—
일찍이
내 너희를
꿀과 젖이 흐르는
복지에 살게 하고저
애급 땅에서 너희를 거느리고 떠나
광야를 헤매기 삼십육 년
이슬에 자고 뿌리를 삼키니
이는 다
아모라잇* 기름진 땅을 기약한 것이어늘

이제 너희가
권세 있는 이방사람 앞에 무릎을 꿇고
은을 받고 정의를 팔며
한 켤레 신발을 얻어 신기 위하여
형제를 옥에 넣어 에돔**에 내어주니

* Amorite, 시리아 지중해 연안의 가나안 주변에서 유목생활을 하던 민족. 바빌로니아에 들어가 상업활동에
  종사하며 아모르 왕국을 세워 함무라비 왕 때 전성기를 누렸다.
** Edom, 『구약』에 나오는 이삭의 아들 야곱의 형 에서와 그 후손들을 가리키는 말이다. 칼과 힘을 믿고 살
  아가며, 이스라엘을 적대시하여 괴롭힌 족속.

내 너에게
흔하게 쌀을 베풀고
깨끗한 이빨을 주었거늘
어찌하여 너희는 동족의 살을 깨무느냐

동생의 목에 칼을 대는 가자의 무리들
배고파 견디다 못하여 쓰러진
가난한 사람들의 허리를 밟고 지나가는 다마스커스의 무리들아
네가 어질고 착한 인민의
밀과 보리를 빼앗아
대리석 기둥을 세울지라도
너는 거기 삼대를 누리지 못하리니

내 밤에
오리온 성좌를 거두고
낮에는 둥근 암흑을 솟게 하리며
보고도 모르는 쓸데없는
너희들 눈을 멀게 하기 위하여
가자 성에 불을 지르리라

옳고 또 쉬운 진리를
두려운 사자라 피하여
베델의 제단 뒤에 숨어 도리어
거기서 애비와 자식이
한 처녀의 감초인 살에 손을 대고

또 그 처녀를 이방인에게 제물로 공양한다면
내 하늘에서 다시
모래비를 내리게 할 것이요
내리게 하지 않아도 나보다 더 큰 진리가
모래비가 되리니
그때에
네 손바닥과 발바닥에 창미*가 끼고
네 포도원은 백사지白砂地가 되리니

그러므로
헛된 수고로 혀를 간사케 하고 또 돈을 모으랴 하지 말며
이방인이 주는 꿀을 핥지 말고
원래의 머리와 가슴으로 돌아가
그리로 하여 가난하고 또 의로운 인민의 뒤를 따라
사마리아 산에 올라 울고 또 뉘우치라

그리하면
비록 허울 벗기운 너희 조국엘지라도
이스라엘의 처녀는 다시 일어나리니
이는 다 생산의 어머니인 소치라

---

* 瘡靡, 부스럼이 생기고 문드러지는 피부병.

붉은 아가웨 열매를

푸른 하늘보다
더 푸른 잎새보다
더 푸른 청춘을
어찌하여
모란 모란 모란도 아닌 것을
모란보다 더 붉은
피로만 적셔야 하며

붉은 모란보다
더 붉은 입술보다
더 붉은 사랑을
어찌하여
이글이글 타는 불도 아닌 것을
너는 도리어 화약을 퍼부어
헛되이 이십을 익어

헛된 젖가슴을
헛되이 식어가는 젖가슴을—

청춘은 잘 먹기 위하여 있었고
잘 자기 위하여 있었고
청춘은
서로 함께 발을 벗고
흙을 밟기 위하였고
청춘은 아 서로 함께 끌어안기 위함인데

어찌하여 이곳에
청춘은
견디기만 위하여 있고
팔목이 그리워 내 팔목이
고향같이 그리워 찾아오는 포리捕吏가 있어
새우잠을 이리저리
뜬눈으로 밤을 새워야만 하며
어찌하여 손톱까지 무기로 써야 하며
청춘은
아 어찌하여 이렇게도
몰라보게 되었느냐

생추쌈에 사랑같이 매운 풋마늘 맛을
슭은 배추에 두릅나물이며

아리배배한 무릇* 한번 실컷
사랑같이 쌉쌀하여도 보지 못하고
오월도 모르고
칠월도 모르고
팔월이면 으레이 바다건만 바다도
사랑같이 따가운 모래찜질도 모르고
갈 길이 바쁜 듯이 가고 또 가는 청춘이
하나도 아니요 둘도 아니요 셋도 아닌 땅

푸른 물
푸른 드을이여
몸부림쳐 문질러
뜨거운 것을 조직하라
남조선에 푸른 것이여
네 어찌 다만 미래같이 푸르고만 있으랴
그리고 너 이름 가진 온통 모든 꽃들은
하늘이 까맣게 새까맣게
성신星辰을 얽어놓듯
산 위에서와 산 아래
구릉 이쪽에서 구릉 저쪽에
한 가지 꿈을 조직하라
네 어찌 무슨 염치로 유독
요란하게 돌아앉아

| * 마늘과 비슷한 여러해살이풀.

몰라보게 되어가는 산천을 모른다 하랴
굴뚝에 까치가 집을 짓는 곳
이곳은 남조선
풍부하게 배부른 아내가 어찌하여 귀찮은 곳
내일을 기약하기 힘든 밤이 간신히 지새면
밤을 기다리기 십 년 같은 곳

이곳에서 날새들은
뿔뿔이 흩어져 울어서는 아니 되겠다
어머님 땅이 깊이깊이
모든 뿌리를 얽어놓듯
아래서부터 위로
위에서부터 아래로
밤에서 낮으로 낮에서 밤으로
한 가지 노래를 조직하라
네 어찌 무슨 낯으로 저 흔하고 흔한
총알을 혼자서만 두려워하랴

가자
가자 이렇게 푸르고 또 뜨겁게 하며
꿈과 노래로 청춘과 총알 사이로 가자
뼈근하게 살아갈 보람도 있는
삶을 조상弔喪하며 또 꿀범벅 피범벅
붉은 아가웨 열매를 삼키면서
남조선으로 가자

서울

비탈도 골자구니도 없는
서울 거리로
사냥꾼들이 모리를 갔다

쑥갓이 흔하던 ○월 ○일
그들은 조국을 ○○질 하였다

○월 ○일은
모란꽃이 지기 전이었다
그것은
청년들이 ×검을 배우던 날이다

×검을
씨름같이 배우던 날이다

모란꽃이 지기 전에
청년들은
옆구리가 ×어진 다음에도
한 발 더 나가서 쓰러졌다

조사弔辭
— 환산桓山 이윤재李允宰 선생先生께 드리는 노래

어느 하늘가를 거니르시는가
우리 이렇게 한데 모이면
어쩔 수 없이 영혼이라도 믿고 싶은 것이

살아생전은 또다시 이리도
억울한 주검이 흔하여
죽어가서는 영혼이라도 믿고 싶은 것이

억울한 것은 남았으라
이루지 못한 손은 쥐었으라
선생은 억울한 선생은 영혼으로 남았으라

그리하야 우리 선생의 손을 따뜻이 잡게 하시라
행여 들으실까
이렇게 한데 모인 겨레의 음성일진대

그렇게도 소중히 여기시던 겨레의 말은 다시
이렇게 혀와 함께 굳어도

겨레의 음성일진대
행여 알아들으실까
우리 이곳에 실로 오래간만에 모이기는 하였어도
피비 내릴 하늘일지
아 혀는 하늘보다 가까운 데 있건만
냉가슴 타는 부하 돌아앉은 그림자
다만 몸부림치는 그림자를 살피시고
이 말씀 들으시라

선생은 배가 진정 고프시었고
선생은 진정 배고픈 것을 가벼이 여기시고
뒤축이 물러앉은 편리화便利靴를 끄을고
삼월이 이는 뿌연 먼지 독립문 모습
저놈들 촌토寸土를 남기지 않는 발길을 피하여
사라지기를 저세상 가는 길손같이도 하였으나
이는 하필 선생만의 환난患難이 아니요
진정 겨레의 것이었어라

일본 제국주의는 서른하고 또 여섯 해
무게 나가는 대추와 사과와
하다못해 도토리 열매와
저 착하게 엎드린 푸른 드을을

어질게 밀고 나온 모든 곡식의 씨앗과

우리들의 살이나 다름없는 쌀과 보리를 앗아가기 위하여 그리고

감지 못하고 선생같이 세상 떠난

원혼들의 검은 눈동자나 다름없이

깊이 덮이운 좁쌀같이 깔깔한

조선 사람의 흙 속에 감초인

무게 나가는 구리와 은과 금을 캐어가기 위하여

하다못해 짚오라기 칡넝쿨 머리털

피마자마자 훑어가기 위하여

저놈들은 신의주新義州 석하石下 백마白馬로 부산釜山 한끝

마지막 조선땅에 부술기*를 구을려

아 우리 또 하나 다른 심장을 마련케 하여 울리고

우리들의 가슴이 두터우면

굵은 총알로써 하고

여윈 어깨면 여린 칼날을 들어 저미고

한애비를 가두어 아비로 하여금 손자를 잡게 하여

손으로 끄을기 마소같이 하여

대동아전쟁大東亞戰爭이라는 초열지옥에 잡아가고

발로 차기를

날짐승의 주검보다 가벼이 하여

내 동지의 숨을 끊을 칼을 가는

공장에 도야지떼같이 몰아넣어

급기야 알뜰히도 살뜰히

| * 불술기, '기차'의 함북 방언.

모조리 깡그리 산에서 솔뿌리 캐듯
우리들 손톱마저 뽑았어도

다만 땅에서 이는 더운 기운같이
식을래야 식을 수 없는
우리들 등어리 땀과
죽기 전까지 흐르는 피와
죽어서도 전하는
우리들의 말을 또한 기어이 앗아가기 위하여
철부지 돌뿌리에 넘어져
아이고 어머니 외마디 소리를 쳐도
벌금을 걷어간 것은 또 그만두고라도
우리들 배꼽 아래에 괴이는 생각을 또한
어찌 어찌 알았다 하여 목에 칼을 채우고
손과 발로 그리는 우리들 몸가짐이
저들의 살아 있는 우상과
죽은 우상을 섬기지 않는다 하여
손과 발목에는 고스랑을 채워
대화숙大和塾*에서 형무소로 보내어
간신히 주먹에 남은 뼈끝으로
두터운 벽을 또닥여
음향으로써 겨우 동지의 안부를 묻게 하고
기신氣燼하여 먼저 떠난

---

* 조선사상범보호관찰령에 따라 독립운동을 도모하던 사상범들을 수용시켜 감시하기 위해 1941년에 조직된 사상교양단체.

부모의 부음을 듣게 한 것

선생은 이 역사 속에 말라갔고 우리 또한
살찌지 못한 역사는 바로 어제러니
싱싱한 봄풀 모두 미나리마냥
탐스러이 푸르르고
날새 좋이 넓은 어깨를 찾아 나지막이 날라오던
샛문 밖 고개 넘어 홍살문 앞으로
우리 한때 잠시
느릿한 그림자를 즐기며
선생 또한 무슨 기적奇蹟인지
소리쳐 웃으시던 날 아 역시
저놈들이 다 앗아가지 못하고 남긴 것이 있어
참나무 절구통같이
패이고 또 무거운
식민지의 청춘의 가슴일지라도
오월과 꽃과 더불어 선생은
우리와 함께 계시었고

손은 어찌하여 그리도 까미하시고
잇몸은 어찌하여 그리도 깨끗하지 못하시던가
아 황송하여라
마상馬像이라고 별명을 지어 부르던
선생은 진정 잘생긴 얼굴은 아니었어도
잘생기지 못한 선생의 큰 콧구멍은

착한 아기같이 떨리기도 하더니

미구未久에 마소같이 끄을려
홍원洪原 철창에 갇히시니
선생의 죄는 대체 무엇이오니까
몸소 쓰신 조선말사전 원고 뭉치로
머리칼 설핀 머리 이마를 맞으실 때
벌써 버리신 육체라 차라리
무쇠 방맹이가 오작 가벼웠으리 다만
우리 죽어서 죽어가서 기어이 다시
이 땅에 태어나자고 맹서하셨으라

갈릴리의 의로운 사나이는 일찍이
가시관을 무겁다 하지 않았거니와
선생은 육체밖에 더 벗을 것이 없었으라
다만 육체를
우리 다시 찾기만 하면
보람 헛되지 않아 해방은
진정 우리들 인민의 것이라 믿었더니
아 저 하늘 어느 별의 조화인지
낯설은 배 항구에 범람하고
또다시 우리 다른 심장을 울리며
육중한 튜럭들은 달리자
이방사람의 밀을 받고 이스라엘의 흙을 파는 자
동족은 벌써 아닐 수밖에 없는 슬픈 칼자루

자르는 살과 뼈다구니만 아닌 밤중
어두운 것을 물리치기 위하여 ××에서
슬기로이 횃불을 들고 간
선생의 아들 원갑元甲은
일찍이 아배의 몸이 차디차게 식어나간
철창에 오늘 다시 갇히우니
원갑의 죄는 대체 무엇이오니까

원갑은 억울하여라
프로메듀스가 억울하였듯이
억울한 것은 남으라
억울한 것은 나의 살과 뼈와 노래 속에 남으라
그리하여 이렇게 나로 하여금
저주하고 또 찬송케 하라
이방사람의 귀에 대고 흥정을 소곤거리는 것을
어찌 조선말이라 하리며
내 어찌 동생을 잡은 자의 손을 따뜻하게 잡으리며
내 어찌 모르는 죄악을 안다 하리오

이제 내 남조선 비린 바람에 쉬인
목청을 울리며
선생을 곡하며 또 노래함은
반드시 그대 가장 위대한 조선 사람인 까닭이 아니오
그대 반드시 내 가장 사랑하는 스승인 소치가 아니라
원갑이가 억울한 탓이오

진실로 진실로 어찌할 수 없는 우리들의 어질고 착하고 아름다운
염통과 부하라 어찌할 수 없어 원갑의 동무들은
모두 위대할 수밖에 없고
또 노래할 수밖에 없는 순간이라
내 한 음계를 드높이노니
환산 이윤재
아 내 스승은 헤아리시는가

진혼곡鎭魂曲
―동경진재東京震災에 학살당虐殺當한 원혼怨魂들에게

조국땅이 좁아서
간석지干潟地를 파야 될 까닭이 없었다
조국땅이 좁아서
멀미나는 현해탄을 건널 까닭이 없었다
조국땅이 좁아서
진전천隅田川* 시궁창에서 널쪼각을 주울 까닭이 없었다
조국은 어디로 갔기에
천기川崎 심천구深川區 제육공장製肉工場 제함공장製函工場
화장火葬터 굴뚝 연기는 그래도 향그러울까**
초연硝煙 십 리 사방 줄행랑에
두 눈깔 흰자위마저
시커멓게 썩을 까닭이
없었다 다만 조국 주권이

* 스미다가와, 일본의 지명.
** 원문의 '향그러울 가볼'은 오식으로 보임.

조국 주권을 팔아먹은 자가 있어
조국이 간석지로 밀려나간 것이었다
조국 주권을 팔어먹은 자가 있어
그 족속이 유랑을 업으로 삼았었다

그러므로 자식을 낳아 기르는 것도
업으로 삼을 수밖에 없어
순順의 봄을 오십 원에 팔았은들
애비를 나무랄 자 없이 되리만큼
조국은 어디로 가버려

원보元甫와 순이는
천을 걸친 자들이나
그들의 매판인買辨*人들의
일일一日 삼식三食 그 밖에 모든 체통을 떠나 차라리
짐승들의 생활을 답습踏襲하였다

피와 같이
정직한 것을 원칙으로 살아가는 사람들에게
지동地動은 태초와 같이 태연한 한 개
변화일 뿐이었다
짐승같이 살아가는 원보와 순에게는
재난이 좀 클 뿐이었다

* 辦의 오식으로 보임.

재난보다 무서운 것이 왔다
와사관瓦斯管이 파열되는 것을
원보와 순이는 책임져야 하였고
단수斷水, 연소延燒, 지붕地崩, 독毒 그리고
저 원수들이
대대로 물려받은 '공포증'까지도
조선 사람들의 죄였다

조국이 좁은 까닭이 아니라
조국 주권을 팔아먹은 자가 있어
원보와 순이는
진전천 찢긴 시궁창에
녹슬은 한 가닥 와이야에 매어달려
화염 위에 검푸르게 닳은
잃어진 조국 하늘 밑에
박간농장迫間農場이 들어선 남전南田과
불이농장不二農場이 마름하는 고향 북답北畓을 생각하였다

조국 주권을 사간 매판인들은 죽창을 들었다
진실로 짐승보다 좀 빠른 족속이었다
죽은 고기 찍어 올리듯 하여
아 원보의 옆구리는 조국 주권이 없어서 뚫어졌다
조국땅이 좁아서
순이가 또한 죽을 곳이 없는 것이 아니었다
공장 가마솥 끓는 물속이 아니라도

순이는 얼마든지 묻힐 곳이 있었다
조국이 좁아서가 아니라
조국 주권을 팔아먹은 자가 있어
원보와 순이와 또 사만四萬 생령生靈은
짐승의 밥이 된 것이었다

신문新聞이 커졌다

어찌할 수 없어
신문이 커졌다

커가는 민주역량民主力量은 어찌할 수 없이
인민人民 의사意思의 표면장력은 이렇게 찢어진다
화살을 더 받아도 좋으리만큼
넓고 두터운 가슴같이 커가는 신문은
팽창하는 우리 영토다

다섯 여섯이 한꺼번에 얼굴을 파묻고
도도한 민주주의 진행을 응시한다
열 스물의 눈이
백 이백의 탄압 체포를 읽는다
그것은 진리 때문에 쓰러진
무수한 시체의 분포도이기도 하다

1927년 11월

한대 지방 어느 도시 차가운 벽에

더운 손으로 더운 풀칠을 하여 붙인

예언이 있었다

그것이 점유한 면적은 사방 한 자에 지나지 않았다

사방 한 자에 지나지 않았던

벽신문 진리 면적은 오늘

오천칠백오십일만 평방리의 절반 이상을 해방하였다

신문은 해방하기 위하여 있자

노동과 풍양豊穰과 무용과 포도주로

전 인민이 해방되기 위하여

신문은 지혜의 비옥한 토지가 되자

비옥하기 전에 흙은 뿌리와 함께 얼마나 수고로우냐

천둥 번개 우박 사태 땀 피 다 함께

토지와 협력하여 기름을 짰었다

여기서 너는 목탁木鐸이 아니라

전 인민 중추신경의 치륜齒輪이다

치륜은 중지하기 위한 것이 아니라

부단히 우리 눈과 귀와 함께

돌아가기 위한 것이니

그것은 번개 다음에 빠른 인민의 전령傳令이다

여기서 우리는

비틀거리는 열차들의 희생자 명부와
호號마다 어지러운 법령 발행과
그 속에 끼어 갈팡질팡하는
무고한 인민의 수형통계受刑統計를 안다

여기서
피는 바위보다 무거운 것과
피는 물같이 흔할 수 있는 것도 알 수 있다
여기서
모든 주방廚房이
공화국 주권에 통한 것과
공화국 주권은 다시
오천칠백오십일만 평방리에 통하는 것을 안다

여기서 또한
남부 조선 이백삼십이만 정보町步 경작면적 중
농업 인구의 3%밖에 되지 않는 지주가
65%의 기름진 땅을 소유하고 있는 기록과
96.6%의 농민이
겨우 37%의 부스러지는 흙밖에 가지지 못한 사실을 안다

여기서 또한
'서울 지방 모든 기업소 중
1947년 12월 현재로 움직이는 공장이
겨우 5%에 지나지 않는 죄가 누구 때문이며

가능량의 91% 저하한 제철 생산량과
그리고 다만 한 가지 예정량을 초과한
중석의 채굴량을 안다

일제는
제사공장製絲工場 누이들의 경도經道조차
약을 먹여 막아가며 혹사하였거니와
해방되었다는 땅속에서
중석은 또 어디로 가는 것이냐

피보다 가볍고 돌보다는 무거운
중석은 또 어디로 가는 것이냐

커가는 신문 커가는 독자는 알고 싶은 것이 많다
알고 싶지 않은 것은 염서艶書를 남기고 호수에 투신자살하였다는 것
이랑
비대한 도색일희桃色逸戲들이다
노동하는 사람은 자살할 수 없다
하늘이 무너져도 반동反動할 수 없는 이치와 같다
그러므로 커가는 신문은 팔八 시간時間제 실천만 주장한다

차라리 그림을 그리라
팔 시간 밖에서는 일요일에 청량리로
가족을 데리고 산책할 수 있는 노동자들의
설계도를 그리라

새가 우짖는 날이나
풍우대작風雨大作하는 밤에라도
무상몰수無償沒收 무상분배無償分配를 주장하라
그것은 커가는 신문의 제호題號에 필적한 것

인민에 필적한 것은 모두
공화국의 알파요 오메가다

커가는 신문은 전령이다
팔 시간노동제의 실천을 전취戰取하기 위하여
이십사 시간 땀과 피와 분간 없는 것을 흘리는
섬과 본토와 지하가 있는 것을 알리라

그리하여
우리로 하여금 자손에 전하게 하라

커가는 신문에서
우리는 자손에 전할 것을 오려둔다
1946년 시월에 서리조차 내리기 힘들었던 사실과
1947년 삼월 이천二千의 사상死傷과
1948년 이월의 대치상황과
같은 해 오월에는 유난히 쑥갓이 흔하고
아이들은 웃음을 잊어버리고
총소리 가깝던 것과
그리고 팔八 개국箇國 중 사 개국만이 지지한 사실을

자를수록 커가는
아카샤 뿌럭지 뻗어가는 면적에 정비례하며
커가는 것은 우리 영토
신문은 그 영토를 지키라

만주국滿洲國(서시序詩)

요동遼東 팔백八百 리里를 측량測量하는
검은 그림자가 있었다.

사냥개와
전종轉鐘 경위의經緯儀* 절첩식折疊式** 크롬 다리와
살인범 감박甘粕 대위大尉***의 꼽추보다 약간 큰 키.

호론바일**** 사풍砂風이 정지한
군용軍用 지도 우에
생사람의 목을 비틀어 죽이든 손가락이
지나가고 지나오는 동안

* 지구 표면의 물체나 천체의 고도와 방위각을 재는 장치.
** 잘라 붙여 펴고 접을 수 있도록 만든 방식.
*** 아마카스 마사히코(1891~1945). 일본의 육군 군인으로 헌병대위 시절 관동대지진의 혼란을 틈타 무정
    부주의자 오오스기 사카에와 그 조카인 일곱 살 아이 등 세 명을 살해한 사건으로 유명하다. 단기 복역
    한 뒤 관동군의 특무 공작을 맡으며 만주국 건설에 복무했다.
**** 후룬베이얼(호룬패이呼倫貝爾, Hulunbuir). 몽고 고원에 있는 초원.

동삼성東三省 굽은 지평선地平線 모든 삼각점三角點이
참모부參謀部 제4과第四課에 기록되었다.

동경東京 제국주의자帝國主義者들은 사냥개보다 사나운
미친개로 하여금 의회議會의 문을 닫게 하고
미친개보다 더 미친
관동關東 군국주의자軍國主義者들은 주인도 모르는 사이
벌써 죄罪 없는 양羊의 넙적다리를 물었으니
이제로부터 사천오백만 석石 피가 흐르게 마련이다.

이민족異民族 사천오백만 석의 피로
일로日露 전비戰費 이십억 투자投資 십칠억이라는 것을 회수하기 위하여
미친개보다 더 미친 살인 기술자들은
위선爲先 제 살을 물어뜯어
남의 이빨이 긴 탓이라고 에워쳐
만주사변滿洲事變이라 일렀으니.

때는 일천구백삼십일 년 구월 십팔일 밤 열 시
제 영토領土건만
함부로 가까이 하지 못하는 남만주南滿洲 철도鐵道
고단한 중국 별
빛을 투기는 푸른 귀화鬼火 총총한
유조구柳條溝* 화차참火車站에서 이백 미터를 걸어가는

* 류탸오거우. 일본 관동군 스스로 남만주 철도를 폭파하여 만주사변을 일으켰던 곳인 만주 심양 북쪽에 있
는 류탸오후柳條湖가 당시 신문의 오보에 의해 잘못 알려진 것.

사냥개들의 그림자가 있자
지는 다이나마이트는
심양성瀋陽城 속에
늙은 사람들의 꿈자리를 사납게 하였다.

왕이철王以哲*이가 잠을 자는 왕이철王以哲이가
만몽滿蒙 생명선生命線을 일 미터나
폭파爆破하였는 것인
그날 밤 장춘長春을 떠난 급행차急行車는
열 시 반 어떻게 무사히 심양역에 다었드냐.

독사毒蛇여
피로 피를 씻고
칼로 칼을 가는 제국주의여, 독사의 무리여
입을 다물고 차라리 포탄砲彈부터 소비消費하라.

그날 밤 자정
열두 자 두터이 심양성은
일본군의 포격에 부스러지고
이튿날 새벽
저들의 주권主權이 흥정도 없이 원수에게 넘어간 다음
북대영北大營** 타다 남은 병창兵廠 추녀 끝에는
흡혈吸血의 상징 일장기가 날렸다.

* 만주사변 당시 심양에 주둔하고 있던 동북군 장군으로 중국 군벌 장쉐량(장학량張學良) 휘하에 있었다.
** 장쉐량 군이 주둔하고 있던 군영.

200

이리하여 무순撫順 본계호本溪湖 탄항炭抗 천판이 다음날 모래같이 무너
지고

그 이튿날 신민新民, 안동安東, 장춘長春, 금주錦州, 길림성吉林城

돌과 흙이 지평선에 가즈런하여졌다.

두 개의 침목枕木과

어디서 줏어 온 철편鐵片은 폭파의 증거물로 또

제국주의의 담보물로

관동군 사령부에 보관이 되고

흥정에 바쁜 세계는

릳튼 보고서*를 역사 교과서같이 제작하고

의로운 자者 모다

전선前線 없는 전선에 쓰러지고

혹 궐 내로 혹 지하로 사라진 다음

한간漢奸**은 지렁이 두더쥐처럼 살쩌갈 때

파리 회의는 웅변만을 위주爲主 하였고

검은 그림자 지나간 다음

군국주의제製 전차戰車는

* 릳튼 조사단Lytton Commission의 보고서. 만주사변의 원인과 중국 만주의 여러 문제를 조사하기 위하여
국제연맹에 의해 1932년 1월 영국의 리턴 경을 단장으로 하여 파견되었던 조사단의 보고서. 만주사변을
일본의 침략 행위로 규정하면서도 만주에서의 일본의 권익을 인정하였다. 그러나 만주국을 인정하지 않
은 이 보고서를 국제연맹이 채택하자 일본은 이듬해 3월 국제연맹을 탈퇴하였다.
** 중국에서 적과 내통하는 사람을 이르는 말.

오십만 평방리 경작을 시작하고
이민족의 선혈을 비료로 삼끼 비롯하였다.

—《신천지》, 1948. 10.

제5부 | 소설과 대담

단발斷髪

"아 빨리 나와요. 뭘 이리 꾸물대여."

"가만있어요 좀. 왜 그리 보채요. 머리나 좀 빗어야지요." 안방에서 나오는 대답이다.

"난 그럼 먼저 가우. 어서 빗고 부지런히 따라오우. 응." 일부러 구두 소리를 시끄럽게 내면서 중문간으로 뚜벅뚜벅 걸어간다.

"아이 잠깐만 기다려요! 나 혼자 어떻게 가요. 참 인제 거진 다 됐어요."

이래서는 안 되겠다는 듯이 아내는 노란소리*를 S의 고막에 토하여 넣어 척수뼈를 간지럽게 긁어주었다.

"그럼 내 기다릴게 얼른 나와요. 까딱하면 시간이 늦으니까 그렇지."

이렇게 위하는 대답을 해주면서 지팡이 끝으로 중문지방을 똑똑 뚜 들긴다. 새로 피운 담배가 절반 남아 타들어갔을 때 안방문이 열리면서 외투로 몸을 싼 아내가 나왔다. 하늘에 별을 세여보든 S는 문소리가 나 니까 마루 앞으로 가까이 가면서

| * 속은 그렇지 않으면서 겉으로만 남의 비위를 맞추며 하는 소리, 노랑소리.

"자 또 넘어지지 말구 조심하우. 그러구 뭐 밤인데 구두 신지 말구 고무신 신구 갑시다."

이렇게 일깨우면서 오른쪽 어깨를 아내 쪽으로 내밀어준다. 짚고 내려오란 뜻이다.

"왜요."

"왜는 왜여 앓고 났으니까 혹 넘어질까봐 그렇지."

"염려 마세요. 뭐 길가에서 자빠라질까봐 그래요."

아내가 이렇게 핀잔을 주는 바람에 두말 않고

"그럼 맘대로 하우 난 모루." S는 물러섰다.

◇

"아이 어지러워 왜 버스가 그 모양이야. 하도 오래간만에 타니까 그런가. 당신은 골치 안 아푸?"

"그거 봐요. 그러길래 고무신 신고 오랬지 뭐랬어. 앓구 나서 금방 뒤축 높은 신을 신으니까 후들거려서 그렇지?"

"듣기 싫어요. 밤낮 그런 싱거운 소리만 해."

"누가 싱거운지 모르겠소. 어서 빨리나 좀 걸어요." 버스에서 내린 두 사람은 장곡전정 넓은 거리를 왼쪽으로 비켜서서 어깨를 겨눴다 떼었다 바쁜 걸음을 놀리며 걸어간다. 공회당 앞에까지 다 왔을 때 비로소 S는 아내가 숨차서 할닥거리는 것을 깨달았다. '아차' 하고 속으로 퍽 미안하고 가엾어서 "숨차우" 하고 곁을 돌아다보았다. 독감으로 오래 시달리고 난 얼굴이 화장은 하였건만 두 눈 밑으로 어리 싸늘한 빛이 떠돌고 희미한 불빛에 두 볼은 회은색으로 잠겨 있다.

◇

이튿날 아침 S는 침의를 입은 채 안방으로 들어가 보았다. 여덟 시가 지났는데 아내는 아직도 곤한 잠을 깨지 못하고 아랫목 벽 쪽을 향하여 오른손을 머리 위에 얹진 채로 숨소리도 없이 자고 있다. 흩어진 머리는 베개 위에와 이마에 가득 덮이고 머리맡에 놓인 양추물 병에까지 휘감겨 있다. '어젯밤에 늦도록 구경하느라고 꽤 곤한 모양이군.' 속으로 이렇게 중얼거리며 다시 나아가려다 깜밤* 어젯밤 아내의 하던 말을 생각하면서 다시 흐트러진 아내의 머리카락을 쳐다보았다. 그러고는 빙그레 웃으며 방문을 가마히 열고 나와 건넌방에 가서 신문 오리는 왜가위를 들고 나왔다. 아침햇볕에 반짝이는 조고마한 가위를 다시 한 번 요리조리 뒤집어보면서 안방으로 들어가서 S는 약병을 치우고 머리맡에 앉아서 숨을 죽여가며 흩어진 머리카락을 조심조심히 모아쥐고는 입을 뺏죽거리면서 싹싹 베었다. 아내의 머리털이 절반이나 단발이 되었을 때 소리도 없이 파리 한 마리가 S의 이마 위에 와서 앉더니 요리조리 기어다닌다. 이놈을 쫓느라고 가위를 머리카락에 물린 채로 왼손을 들려다 가위를 닫혔다. 눈을 깜박 뜬 아내는 이 꼴을 알고 어이가 없어서 웃지도 못하고 가위만 쳐다보드니

"아니 그런데 이게 웬일이에요. 머리는 왜 별안간 짤랐어요. 난 몰라 요잉—." 하며 눈을 뚱그렇게 굴린다.

"하하— 하하— 몰으면 그만두. 하하. 지가 짤르라고 그러구 멀 그래. 허허—."

"아 내가 언제 짤르라고 그랬어요. 이게 뭐야."

"어어 저것 봐 어젯밤에 공회당에서 그러지 않았어 그래."

"내가 언제— 난 몰라웅."

"그래 앞에 앉은 단발한 여자들 보구— 아이 그것 참 시원하겠네. 오죽 편할까. 나두 했으면— 그러지 않았어. 그래이 — 난 몰라 하하." S는

| * '깜박'의 오기로 보임.

가위를 요조리 뒤집어 보면서 일어났다. 이날 아침 삼일 이발관 늙은 주인은 아침결에 외상으로 일 원 한 장 벌었다.

―《조선일보》, 1932. 4. 27.

청춘青春

만보산萬寶山 사건 이후

배가 영문강을 지나 신도薪島 앞바다에 나와서 용암포 쪽 조선땅이 멀리 수평선 너머로 흔적같이 사라질 때까지 박두수朴斗洙도 갑판 위에 남아 있었다. 뱃전에 기대여 해면을 내려다보면 이따금 해파리가 낮밤에 가까운 유월 햇볕에 붉은 빛을 너울거리며 지나가곤 하였다. 해파리는 육지 가까이 살지 않는 고기였다. 이렇게 바다에 나오고 보니 역시 조선으로 들어가지 않고 다시 떠난 것이 옳은 것도 같았다.

평양 등지에서는 지금도 중국 사람들을 못 견디게 구는가. 저 민한 사람들이 지금도 처처에서 중국 사람에게 돌을 던지는가. 발단으로부터 그동안 모든 책모라는 것이 다 일본 사람의 짓이라는 것은 지난번 소악공에서 만들어낸 소위 중촌대위中村大尉 조난사건이란 모략을 미루어 생각해도 엔간한 짐작은 갈 게 아닌가. 제 한 노릇이기에 평양 거리에 온 중국 사람 비단천이 모조리 터져 나오도록 그들은 낭자한 유혈을 못 본 체하고 도리어 사태가 악화되기를 은근히 기다리지 않았던가. 어디서 방귀소리만 나도 눈을 뒤집는 놈들이 장춘서 육십 리밖에 안 되는 곳에서 일어난 일을 아니 만들어낸 일을 잘 모르네 하면서 한쪽으론 요동 팔백 리를 발끈 뒤집어놓고 급기야 조선으로 불똥을 퍼뜨렸거늘 그걸 모르고 저렇게들 처신하니 대체 조선 사람은 제정신이 바로 박힌 사람들인가—두서없는 생각을 하고 있는 동안 중국인 남녀들이 퉁찬 속에서 많이 갑판 위로 나와 있었다. 그들은 해 바른 데를 골라 캐빈 모퉁이 낭하 갑판에 모여 앉았다. 캐빈 안에 있는 이등손님들은 잘 몰라도 퉁찬 속에서 나온 사람들은 대개 아침에 안동현安東縣 부두에서 본 사람들이었다. 점심때가 가까웠는지 조데조데서 꿔빙 만투 같은 것을 꺼내어 먹고들 있었다.

저들 가운데도 조선서 쫓겨온 사람들이 있을는지 모르겠다. 캐빈 들창 안으로부터 비위에 거슬리는 양요리 지져내는 내음새가 풍겨왔다. 두수는 다시 바다 쪽을 내려다보았다. 해파리는 다시 보이지 않고 밑둥이 흰 물새떼가 속력 느린 제통환 앞을 스치고 날으며 따라오곤 하였다. 천진天津에 간들 지금 형편에 동삼성東三省보다 나을 리 있을까. 한 열흘 전에도 북영로北寧路 신민新民 근처로 지나가는 기차 속에서 중국 사람이 조선 여자를 승강구에서 밀어 던져 죽인 일이 있지 않았던가. 이런 생각을 하고 있을 때 해면에는 두수 그림자 옆에 웬 그림자 하나가 비쳐 왔다. 두수는 무의식중에 몸이 오싹하여지는 것을 깨달으면서 돌아섰다.

그것은 일본인 부선장이었다. 흰 양복이나 테 두른 모자와 금빛 단추를 보아 알 수 있었다. 사십이 훨씬 넘은 수염을 말쑥이 깎은 얼굴이 홀쭉하게 창백한 것이 반생을 사공으로 늙은 것도 짐작할 수 있었다. 퉁찬을 다녀오는지 손에는 방맹이 반토막만한 니켈 회중전등을 쥐고 섰다.

"삼등 손님이지요?" 하고 부선장은 상냥하게 묻는다. 두수는 그렇다고 대답하였다.

"선객부船客簿에 자세하게 기입해주세요. 선실에 있습니다." 하고 그는 휘청휘청 캐빈 쪽으로 가버렸다.

두수는 삼등선실 다다미방으로 내려왔다. 음식 내음새와 담배연기가 자욱한 방 안의 손들은 남녀 할 것 없이 저마다 편할 대로 드러누워 있다. 문어구 탁자 위에 놓인 선객부에 조목마다 적어놓고 잡아놓았던 자리에 와서 혼자 앉았기도 무엇하고 다시 나갈까 하니 고단도 하여 가방을 베고 누워봤다. 삼등실은 기관실 바로 뒷지 몹시 울렸다. 누구 한 사람 입을 열지 않았다. 천진 직항선이니 모두 천진 가는 사람들인가 이상하게 조선 사람은 하나도 보이지 않았다. 외로운 것도 같고 다행한 것도 같았다. 옆에 누웠던 젊은 중국 여자가 앓음 소린지 잠소린지 모로 돌아누우면서 미끈한 흰 팔을 들어 흩어진 단발 이마 위에 축 얹는다. 잘근한 콧마루에 땀이 송송 돋은 것을 보면 어딘가 괴로운 것 같았다. 조선서 몰려 피하여 가는 사람일까. 우윳빛같이 흰 얼굴에 감은 눈썹이 길었다.

저물면서 천 톤도 못되는 배는 어지럽게 흔들리기 시작하였다. 원창圓窓 밖에 치는 물결소리가 기관실 진동에 섞여 들리는 것이 멀리 시원할 뿐, 멀미와 곤기와 졸음이 한데 조여 머리는 뗑할 뿐이었다. 집을 떠난 지 일 년 반, 사진砂塵 호도胡都에서 진흙을 가라앉혀 마시면서 벽에 바른 신문지 글줄에 붉은 연필을 그어가며 코피를 흘려가면서 과연 손아귀에 두둑하니 무에 잡혔던가. 가슴 빽빽이 무얼 들이켰던가.

"너는 도척 같은 놈이다." 병든 애비 시탕을 안 하고 공부하러 간다고 떠나가는 너는 도척 같은 놈이다 하시던 농담도 아니오 진담도 아닌 어머니의 말씀이 텅근 머릿속에 뗑뗑 울렸다. 행로는 소설같이 간단치 않았다. 다시 이제 보뗑이를 걸메고 떠나가면 바로 무슨 신중한 수가 있는가. 밤새 뒤치고 제치고 하면서 꿈인지 잠인지 분간 못할 시간 속에서 이리고 뉘이고 저리고 뉘으면서 날을 밝혔다.

원창 밖이 훤히 밝아 얼마 되지 않아 기관소리가 뚝 끊어지면서 동요가 다른 것이 배가 어디 머무는 모양이었다. 두수는 갑판으로 나가보았다. 뿌연 안개 낀 대련大連 항구가 멀찍이 바라다보였다. 어째 배가 여기서는가 하는데 대답하듯이 항구 쪽에서 발동선 한 척이 턱주아리를 취들면서 제통환을 향하여 일직선으로 물결을 가르며 나왔다. 부선장이 아래위로 오르내리더니 이어 통천과 삼등손님들이 하갑판에 모이기 시작하였다. 짐작이 갔다. 깃발 단 발동선은 톡톡거리며 호기 있게 다가들더니 무슨 까닭인지 삥 한 바퀴 제물로 돌아 갱웨이에 와서 닿고 그러자 사다리 아래토막이 덜그럭 내려가면서 이어 정복한 수상서원과 세관 관리 같은 사람과 사복형사가 갑판으로 날름 올라왔다. 조사가 시작되었다. 선객부와 맞춰보고 중국 사람은 대강 넘기는 것이 무슨 곡절 있는 수색이었다. 수상서원과 세관 관리는 부선장을 따라 캐빈으로 올라가고 사복형사가 두수에게로 다가섰다.

"물건은?" 하고 말하는 일본말로 보던지 캡 밑에 광대뼈하고 직업적으로 빠드러난 눈초리가 광채 없는 것을 보면, 즉각적으로 조선 사람이라는 것을 알 수 있었다.

"선실에 있습니다." 하고 두수는 캥기는 일이 없는지라 선선히 대답하였다.

"이리 내와." 형사는 태연한 젊은 사람의 차진 거동이 아니꼽다는 듯이 쏘아붙였다.

'여기서 끌려 내리면 어떻게 하나.' 두수는 갑자기 막연하게 불안하였으나 될 대로 되라는 발걸음으로 선실에 들어가서 가방 두 개를 들고 나왔다.

"어데서 와?"

"봉천奉天서 떠났었습니다."

"봉천서?" 하고 반문하는 어성이 심상치 않았다. 두수는 잠시 당황하였으나 안색을 태연하게 가리기 위하여 말대답하는 대신에 증명서를 꺼내 공손하게 보였다.

"동북대학東北大學에 다녔어?"

"네, 천진 남개대학南開大學으로 전학을 하려고 가는 길입니다."

형사는 증명서를 도로 주면서 발끝으로 가방을 툭툭 건드렸다. 열어 보이란 말이었다. 그는 두수가 열어놓은 가방 속을 꼬밀꼬밀 뒤지면서 허리를 꾸부린 채

"천진으로 가면 기차로 갈 게지 왜 배로 가나?"

하고 누그러진 어성이나 ×게 잡아보는 양으로 꼬집어 물었다.

"오룡배五龍背에 사는 친척을 만나고 떠나느라고 이쪽으로 왔습니다."

"금반지나 그런 거 안 가졌어?"

두수는 없다고 대답하면서 '아 밀수출 취체로구나' 하고 안심하였다. 그리고 생각하니 얼마전에 선천宣川인가 어디서 북지로 고추 장사 다니는 조선 사람들이 금 밀수출을 대량으로 하다가 발각이 되었다는 기사를 화북보華北報에서 읽은 기억이 났다.

형사는 두수에게서는 손을 뗀 모양인지 매초리 같은 눈초리로 이 사람 저 사람 훑어보더니 끝도 맺도 안 하고 캐빈 쪽으로 가다가 동행이 나오는 것을 보고 도로 그들을 따라 뒤에 붙어 하선하였다.

배는 우렁차지도 못한 기적을 두 마디 울리고 떠나 서쪽으로 키를 잡았다. 안개 걷힌 날씨는 저물도록 좋았다. 일렁거리는 유록빛 바다, 듬북 듬북 붉게 흐늘거리는 해파리떼, 그 위로 하늘은 눈이 모자라게 푸르렀다. 두수는 거의 진종일을 갑판 위에서 보냈다. 밤에는 다시 더러 찜찜한 다다미방에서 기관소리를 베개 밑에 받으면서 조선서 쫓겨왔는지도 모를 창백한 젊은 중국 여자의 갑플 디런 긴 눈썹을 바라다보면서 자며 말며 하였다.

당고塘沽에 닿은 것은 새벽 네 시나 되었을까, 항구는 소조한 불빛이 여기저기서 깜박이고 개 짖는 소리가 부두를 때리는 물결소리 너머로 한

두 번 들려올 뿐 아직도 한밤중이었다. 당고에는 내리는 사람도 별로 없는지 하선을 아직 시키지 않는지 선실 안은 여전히 조용하였다. 피로와 권태로 말미암아 완전히 예의를 걷어치운 남녀들은 가장 자유스러운 시간에서처럼 어깨와 팔다리를 겹두었다.

'이대로 가면 천진 가선 오전 일찍 닿을 터이지. 전보를 받았으면 철환哲煥이가 마중을 나올 터이지.' 하고 떠나기만 기다렸으나 동이 훤이 터서 선객들이 몇 사람 내려가고 말았을 뿐 새로 타는 사람도 없고 사면 배 허리에 사다리가 놓이고 말 뿐, 배는 조반들 치르고 오정 때가 되어도 무슨 물을 퍼들이는지 퍼내는지 좔좔 소리만 치면서 이내 떠나지 않았다. 선장 부선장이 다 어디 가고 없고 누구 한 사람 하회를 아는 사람이 없었다. 점심때가 되더니 일본 군인들이 캐빈으로 들락거리고 격둑격둑한 인사들을 서로 주고받았다. 허리를 굽히고 오르내리는 여자들이 군복 사이에 섞여 인사할 때마다 목덜미 너머로 분칠한 잔등어리가 힛숙그레 다 보이었다. '무슨 일일까?' 선장 부선장도 섞였다.

이슥하여 손뼉 치는 소리, 고함 같은 웃음소리가, 역시 비위에 거슬리는 양요리 내음새 풍기는 들창으로 쏟아져 나왔다. 부선장에게 무슨 일이냐고 물어볼까 하다가 계면쩍고 싱거워서 그만두었다. 실상 별 큰 일이 있는 듯싶지 않고 요량건대 어떤 군관 개인들이 이등에 탔던지라 타국 면 해안에 조국의 포대를 지키는 사람들이 파적 겸 잔치를 베풀은 것인 듯했었다.

시간 잘 지키고 곁눈질하며 각근히 일을 보는 일인들도 무슨 풍운을 멀리 믿었든지 그 당시 가끔 처처에서 이런 종류의 무모에 가까운 국가적 방종을 부렸었다.

오후도 늦어서야 떠난 배는 백하白河를 거슬러 오르기 사십 리, 천진 특일구 대련大連 마두에 닿았을 때는 전등 불빛이 황황히 멀리 별과 닿았을 때였다. 갑판에서 내려다보니 부두에는 역시 김철환이가 ○○○ 여자와 같이 서서 손을 흔들고 있었다.

두수는 손을 들어 맞인사를 하였다. 이등손이 다 내려간 뒤에 부두라고 하기에는 너무도 벌판 같은 세멘트 바닥에 내려섰다.

"잘 왔네. 짐은 이것뿐인가?"

하고 갱웨이에 다가섰던 철환은 두수에게서 가방을 빼앗듯이 받아놓고 커다란 더운 손으로 두수의 긴 손가락을 틀어쥐었다.

"큰 짐은 기차로 자네 주소로 먼저 부쳤네. 전보는 받았겠지만 용하게 시간을 맞춰 나왔네그려."

두수는 지난 가을 봉천서 헤어질 때 늘 고단해 보이던 철환의 얼굴이 밤빛에라도 선이 굵어지고 살이 오른 것 같은 것을 부러움에 가까운 경이의 눈으로 쳐다보면서 이렇게 대답과 인사를 겸했다.

"두 번째 걸음일세. 하여간 잘 왔네. 얘기는 차차 할 셈하고 시장할 테니 어서 가세."

하고 철환은 가방을 들고 앞서기를 재촉하였다. 이 동안에 여자는 처음 섰던 자리에 송긋하게 서 있다가 두 사람이 가까이 오는 것을 보고 앞으로 다가오는 대신에 마찻길 쪽을 향해 느린 발걸음을 옮겼다. 세 사람의 그림자 없는 발걸음이 자연스러히 가즈런하여졌을 때 마침 마차가 방울소리를 달랑거리면서 길 복판에 와서 가로섰다. 철환은 새삼스레 잊었더라는 듯이

"참, 자네 인사하게. 신기숙申己淑 씨, 남개고급중학에 다니시는."

하고 무얼 더 설명하려다가 그만두고

"같은 학원이니 앞으로 자주 만나게 되리."

하고 신기숙이란 여자의 도둑한 얼굴을 살피듯이 쳐다보았다.

"박두수올시다."

두수는 몸을 약간 숙이면서 간단하게 인사하였다.

"말씀 많이 들었습니다."

신기숙은 철환이 소개말이 적절하지 못한 것이 못마땅하지 않았더면 멀리 온 이 젊은 사람에게 좀 더 은근한 태도로 대하였을 것이나, 확실히 화풀이는 아니나 자기 첫인상을 살리는 가장 좋은 방법이라고 생각하고 역시 간단히 한마디 범상하게 건넸다.

'내가 알지 못하는 사람을 만나러 나오기까지는 자기가 이만저만한 애를 썼으므로 유시오—이것은 자기 부친의 항용어라 기숙은 자연히 자기 말같이 써왔다—가능하면 설명은 아니더라도 버젓하게라도 말해야 될 게 아닌가. 뭐야, 한마디 불쑥 앞으로 자주 만나게 되리라. 내가 그리 싼가.'

이러한 종류의 말하자면 발뒤꿈치가 불편한 정도쯤의 곤란한 입장에는 개의도 없다는 듯이 철환은 짐을 놓기 위하여 먼저 마차에 발을 걸면서 두 사람을 재촉해 자리에 앉히고 소리를 쳤다.

"거 너머 양자 조바(저리 영가로 해서 갑시다)."

마부는 뒤돌아보지도 않고 고삐를 잡아내렸다. 동마로東馬路로 가려면 특일구를 서쪽으로 빠지면 지름길이 되지만 구경도 시킬 겸하여 철환은 일부러 화려한 영조계英租界 빅토리아 가로 마차를 몰게 하였던 것이다.

"그래 어때? 봉천서도 사건 이후 중국 사람 쳐다보기 낯이 뜻뜻한 일이 많겠지?"

철환은 가운데 폭 가라앉은 신기숙의 개웃이 숙인 머리 앞으로 해서 두수에게 질문을 던졌다.

"봄내 여직 봉천에는 비가 한 방울도 안 왔어."

이렇게 말을 꺼내고 생각하니 자기 스스로도 무슨 동문서답을 하고 있나 하고 말을 잭키면서 두수는 쳐다보기 민망만 했으면 좋겠는데 십간

방+間房에 사는 조선 사람들이 서간도西間島에서 생아편을 연길 어떤 중국 부호와 결탁해가지고 광제당이라는 일반인 약방에 대량으로 대인 사건으로 중국 사람 연루자들이 많이 끌려들어간 대신 조선 사람들은 일본 영사관에서 우물쭈물하여 버린 것이, 가뜩이나 한데 도화선이 되어 북시장 일대에서는 조선 사람들이 하나둘씩 쫓겨나다시피 하고, 거리거리에 차마 볼 수 없는 포스터가 붙고, 광주학생사건 때에 쫓겨온 조선 학생들을 국빈대우하다시피 하던 학교에서들도 조선 학생 배척사건이 난 데가 한두 군데 아닌 이야기랑 하였다.

바짝 마른 진흙의 거리. 한여름도 오기 전에 달대로 단 검은 기왓장이 무거이 덮은 도시. 천리를 떨어져 있어도 떼로 버적거리는 사람들의 푹푹 더운 입김이 콧구멍을 태우는 것 같은 착각을 일으켰다.

"불이 나든지 총소리가 나든지 하리."라고 두수는 입을 다물었다.

"망중이야 망중." 하고 철환은 천진 거리에도 중국 사람의 웅성깊은 줄 알았던 아량을 의심하리만치 창피한 포스터가 새면에 붙은 이야기를 하였다.

마차는 시계탑 로타리를 돌아 유명한 치쓴린起西林 캬바레의 황홀한 불빛을 지나 어느새 빅토리아 공원 옆을 달리고 있다. 중국땅 같지 않은 외국 조계의 밤거리, 저 가로수가 저렇게 성장하도록 오랜 세월 동안 자자곤곤히 경영하여온 착취의 선물인 저 육중한 건물들. 그 그늘 밑으로 다리 밑에 젖은 쥐들이 마른 땅을 골라 기어가듯 하는 중국 사람들의 행렬. 두수는 착각에서 또다시 새로운 착각을 일으키고 있었다. 그의 정신은 누백 년 두고 이루어진 도시 성벽에 닿자 벌써 지치기 시작했다. 몇 해를 두고 쪼아서야 될 큰 산 밑에 발파 구멍을 처음으로 뚫고 있는 광부의 가슴 위에 눌리는 막연한 압도에서 오는 패부감, 이러한 것과는 또 달리 멀리 의식 밖으로 그의 몸은 제대로 또 젊은 여자의 더운 육체가 바로 옆에서 동요하는 것을 간접적으로 감촉하였다. 신기숙은 두 사람의 만보산사건 대화에 아무 흥미가 없었다.

'철환이가 좋은 사람이라던 이상한 젊은 사람은 대체 어떤 사람인가? 그런데 대체 나를 왜 버젓하게 인사를 안 시켰나?'

기숙은 내내 못마땅한 것을 표시하는 것은 아니지만 어쩐지 입을 열기 싫었다. 중원공사中原公司 앞에 내려서 식당에 들어가 늦은 저녁을 같이 먹을 때에도 어린애 투정에 가까운 새침한 분노를 풀 수 없었다. 영가榮街 어구에서 기숙을 서먹서먹한 채로 자기 집에 돌려보내고 두 사람은 남고루 근처에 있는 철환의 숙소로 들어갔다.

김철환의 숙소는 남고루와 병행한 뒷길 중국인 거리 깊숙이 담이자 다른 골목에 있는 어떤 장사치의 과부집 이층이었다. 이층이랬자 복도로해서 올라가는 제법 규격이 맞는 건물이 아니라 항용 거리바닥에서 볼수 있는 것과 같은 홋겹집으로서 처마 밑으로 마당에 내리달린 사다리같은 구름다리를 밟고 올라가게 된 집이었다. 이층턱 변주리 툇마루에서곧 방으로 문이 열리는데 방이랬자 굴곡도 장식도 없이 멀숙한 마루방한모퉁이에 널마루 침대가 놓이고 책상 의자가 고리짝 보퉁이 나부랭이와 뒤섞여 치밀려놓였다.

"세수하려나?" 철환은 양복저고리를 벗고 담배를 꺼내 물면서 물었다.

두수는 고개를 흔들었다.

"그럼 일찍 자게. 빈대가 나오는지 모르지만 그래도 침대가 나을 걸세."

하고 등으로 의자를 밀면서 철환은 담뱃불을 그었다.

"아직 졸리잖네. 대체 여기 학교 형편은 어떤가?"

하면서 두수는 기계적으로 책상을 살폈다. 되는 대로 쌓아올린 책하며 지저분하게 흩트러진 책상이 금세 이사를 했거나 이사를 차비하는 사람 처소의 질서다.

"학교? 그만두었네." 철환은 하다면哈德門 연기를 피워 올렸다.

"그만뒀어? 왜?"

"왜? 글쎄……."

두수는 앉았던 침상에서 일어났다.

"댕겨 뭘 허겠나. 그래 그만뒀어." 철환은 자기 자신 요령 모를 대답을 하였다. 아래층에서 중국 여인들이 떠드는 소리가 들려왔다. 무슨 녹두가루가 썩었느니 굳었느니 비단 찢듯 하는 목청들이었다.

철환은 담뱃불을 끄고 그 손으로 물병을 따라 마시고서

"그렇잖은가 생각해보게. 속담에 발귀 걸어먹는 소가 다르고 술기 걸어먹는 소가 다르다고. 하기는 누구 말이 삼십까지는 공부를 해야 헌다데마는. 어차피 암만 공부를 헌데도 쓸데없는 걸 일찌감치 아는 바에는 애초에 무리한 노력할 필요 없다고 난 생각해. 책을 놓고 암만 강다짐해봐야 나 같은 건 안 되네. 한동안 외상으로 살아야 될 것 같애. 외상으루……. 또 원래 공부란 천재들이 하는 겔 거야. 회거든 부이지나 말라구……. 내 할 소린진 모르겠네만서두 보게, 공부했다는 천재도 무슨 별 뾰죽한 수가 있던가? 이건 내 자신 대단히 부도덕한 말일세만 요컨대 몇 천재만이 책과 영원히 결혼하는 게 옳을 것 같애.

난 뭐구 암만 생각해두 손으로 하는 것……. 뭘까, 이를테면 하다못해 목수, 미쟁이 그런 거래두 말이야. 이것두 일종 내 자포자긴 줄 모르겠네만은 또 모처럼 공부하러 온 자네겐 상스럽지 못한 소리지만. 자네야……. 하여간 공부란 폐일언허구 천재가 하는 거야.

웃토 와이닝겔이 『성과 성격』을 쓴 게 아마 우리 나이로 스무 살 때지. 그것두 부족해서 저 비엔나의 천재는 제 대가리, 그 천재 대가리― 존엄과 냉혹―학문이란 것 말이야. 그놈을 부정하려구 그때 그 아까운 대가리에 대구 총알을 쏴 넣었잖나? 아까운 대가리지. 그리고 왕청한테 루 뚫구 들어간 총알이지. 보게. 하여간 그게 내 나이도 되기 전 스물두 살 땔세. 그리고 또 한 가지 이유라기보다도 실제 문제가 말이지 현실이라는 게 말이야, 대체로 말한다면 바람이 몰아때리면 천하가 우는 줄로만 나는 아네. 자넨 어떻게 생각하나?"

하는 철환의 말투는 점점 자조에서 설교로 변하여갔다.

"학교를 그만두면 집으로 도로 갈 작정인가?" 하고 두수는 물었다.

"집? 건 피도 끓기 전에 아랫목을 찾아가서 왜 와신종석할 차비나 하라고 집엘 가?"

철환의 말이 두수에게는 공허한 넋두리 같았다. 그러나 자나깨나 책책하던 그가 저렇게 심경이 변하였을 때는 필연 무슨 곡절이 있는 것도 같았다. 무슨 곡절인가 물어본댔자 말투가 빗나가는 것을 보면 고지식하게 대답할 것도 같지 않아 짐짓 듣고만 있었다.

"자넨 철학을 한다니 좋이. 중국 철학—. 대단 좋이. 하더라도 푸른 잔디밭에 나가서 마른 풀만 골라 먹질랑 말게. 이건 내 말은 아닐세마는. 철학—어디가 만날구? 뱅뱅 도는 쳇바퀴 속을 돌게. 나는 겉으로 돌다 떨어지든지 비약을 하든지 할게니."

철환은 하다문을 새로 또 피웠다.

"사뭇 주역일세. 난 무슨 소린지 하나 모르겠네."

두수는 하품이 나오는 것을 깨물면서 도로 일어나 침대에 가서 기댔다.

"하나도 몰라? 그야 하나만 알면 다 알지. 내 지론이 아니라 내—."

철환은 '계획'이라고 하려다가 말을 뚝 끊고 입을 다물은 채 코로 기침 같은 숨을 내쉬고 계속했다.

"내 얘기 하나 함세. 어릴 때 고향서 말야. 종종세라는 놈을 잡으려 다녔어. 이놈은 꼭 밭고랑 바닥을 종종 기어가는 놈인데 눈이 밝아서 그

물론 안 돼. 그래서 말총으로 올개미를 만들어서 고랑을 좁히군 꽂아두네. 그리군 '종종새야 종종새야 저리 가면 말콩 이리 오면 올콩 하고 몰면 어째 잡힌단 말야. 올개미 하나로 잡는단 말이야.'

두수는 손을 꺽져 베고 아주 반듯하게 누워버렸다. 비 샌 천장을 쳐다보고 뭉졌다 흐터졌다 하는 구름 같은 철환의 이야기를 들으면서 웃었다.

"올개미 하나, 일대일이란 말이야. 일당백은 영웅들한테 돌리구 공부는 천재더러 하라고 하구. 우리는 일대일밖에 할 일이 없구, 할 수도 없구, 또 해야만 되구. 아마 그게 진리일는지 모르지. 하긴 어림없는 위선일는지도 몰라. 자기만족을 만족시키려는 궁극을 다진다면 말야. 하나 난 그런 종류의 아드 인피니툼*에는 흥미가 없어. 손을 척 쳐들어 담 너머로 넘기면 내 손이 도적놈도 될 수 있어야 하겠거든! 꿩 잡는 게 매지. 육조를 배포했으면 뭘 하누. 골골 신음을 해서 자네 머릿속에서 먼동이 텄다고 해. 내가 가서 자네 모가지를 비틀어 숨줄을 끊어놓았다면 자네 내일 아침 일출을 볼 겐가?"

"해야만 된다는 일이 대체 뭔가? 구체적으로 얘기하게."

두수는 흥분인지 타성인지 모를 그러나 확실히 피다투는 말만은 아닌 막연한 철환이 피우는 연기 속에서 판한 불똥을 들여다볼 수 있는 것도 같아 그는 모로 돌아누우면서 이렇게 물었다.

"구체적인 건 청사진엔 나타나지 않는 거야. 구체적인 건 현장에 가서 제 눈으로 봐야지. 허나 행복스러우려면 현장엔 안 가는 게 옳구, 가지 않으려면 숫제 구체적인 건 알 필요 없구. 그렇잖어?"

"모르겠네."

"자게. 일찍 자고 내일 현장 근처로 산보 나가세. 종종새가 밭고랑으로 기어가는 현장으로 말야."

철환은 담요를 바닥에 깔고 손에 잡히는 강희사전康熙辭典을 베고 드러누워 빈대를 몰기 위하여 끄지 않은 전등불을 눈이 아프도록 쳐다보았다.

두수는 전혀 딴 사람같이 변한 철환이란 친구에게 대하여 새삼스러운 관심을 가지게 되었다. 학교를 그만두었다는 것은 항용 주기적으로 오는 허무 도로감에서 온 일인가. 그렇지 않으면 신기숙이란 여자와 무슨 관계가 있는가.

'올개미, 일대일, 해야만 되구, 네 모가지를 비틀어……. 와이닝겔 애기는 나를 빈정대고 조소하는 소리였다.'

또 한 가지 이상한 것은 이튿날 아침에 자기가 방을 하나 구해야 되겠다고 하였을 때 입에 물었던 것이래도 빼서 남을 주려는 사람이라, 기숙사에 들어갈 사람이 방은 구해 무얼 하느냐 불편한 대로 같이 있자고 할 것인데 의외에도 철환은 냉담한 것이었다.

"사건 이후로 방 얻기가 여간 아니야. 조선 사람이라면 경이원지하니까." 할 뿐이었다.

"대체 현장이라고 한 게 무슨 얘긴가? 재미있는 데라면 구경하고 싶은데."

두수는 지난밤 대화에서 혹 무엇이 전개될까 하고 이렇게 물었다. 그랬더니 철환은 "객담이야 객담. 모두 객담이야." 하고 자기 한 말을 묵색여버리려고 하였다. 그러는 것을 구태여 꼬질꼬질 캘 필요도 없어 두수는 학교에나 가보자고 하여 두 사람은 남개대학으로 갔다.

백하 줄기에 잠긴 조용한 학원. 창연한 고색은 어느 구석에서도 찾을 수 없으나 그 대신 탁 틔인 건물과 건물 사이 넓은 통로로 오고가는 젊은 학생들의 풍모가 이 나라에 한창 팽배한 신문화운동을 상징하는 것 같은 감을 주었다. 학관 후방候房에 가서, 소개를 받아 온 진마부陳馬夫 교수를 찾았으나 학교에 나오지 않았다는 것이다.

할 일 없이 두 사람은 캠퍼쓰를 돌아 발 가는 대로 새마장塞馬場 쪽으로 가다가 백하변에 나왔다. 비가 오지 않았던지 언덕가에 창포와 갈대 허리에 흙 묻은 자리가 성큼하게 드러나도록 물은 줄었으나 그래도 늠실거리는 물결은 파도조차 일게 폭 넓은 강 위로 꺼루* 같은 배가 몇 번이고 지나갔다. 강물은 항상 억기憶記에로의 통로, 그것은 또한 시간을 구상화하는 동시에 억측과 예언을 쉽게 하였다.

두수는 가지런히 언덕가에 앉았다. 두수는 막연한 장래를 생각하고 철환은 구체적 '계획'을 되풀이하였다. 그러는 동안에도 강물은 쉴 새 없이 흘렀다. 흘러가면서 그것은 일찍이 청조淸朝가 망하는 것을 보았고, 북벌北伐이 성공되는 것을 보았고, 화북華北에 오연하던 풍옥상의 세력이 이유야 무엇이든 간에 국민정부로 빨려 들어가는 것을 보았고, 들어가고 난 그 자리에 북에서 내리 밀리는 새로운 붉은 사조思潮가 제방을 터트리고 꾸역꾸역 밀려 들어오는 것도 보았다.

조선식민지

두수는 그 이튿날 다시 진 교수를 찾아갔으나 만나지 못하였다. 다음날은 철환이 숙소 근처에 방을 하나 얻어놓고 사흘째 가서는 아침부터 기다려서 오후에야 겨우 만났다. 진마부라는 교수는 육십이 훨씬 넘어 뵈는 온후한 용모를 가진 사람이었다. 먼 길 온 것을 위로하고 소개장 써 보낸 동북대학 두수의 주임교수의 사신도 받았다는 인사를 하고는 다른

---

* 소형 중국 목선.

방에 다녀 들어오더니 딱하기는 하나 방법이 없다는 표정으로

"이제 방학이 오래잖았고 해서 지금 당장은 어려우니 구월 새학기에 가서 생각해보겠다는 것이 학교 당국자의 말이라."는 뜻으로 완곡하게 편입을 거절하는 것이었다. 구월에 가서 될 게면 이제라도 될 게고 이제 안 될 게면 구월에 가도 가망 없을 게라는 것은 빤한 일이었다.

맥이 풀려 숙소에 와서 캉炕에 드러누워 있는데 철환이가 왔다.

"기왕 왔으니 여름이나 나면서 보세. 그러는 새 또 무슨 변동이 있겠지." 하는 철환의 위로는 두수에게 아무 의미 없는 말이었다.

'변동, 지긋지긋한 변동. 철이 나서는 몸 약한 것이 원수이던 긴 여름 해. 해 해 어머니가 학생 치기하시던, 누이와 연필 한 토막을 끊어 나눠 쓰던 오전을 애껴서 아니 없어서, 천식 든 부친이 긴 구리개 종로 박석고개를 넘어와서 흘리던 땀과 비지도 끓여 먹으면서 다니던 학교에서는 쫓겨나서, 차디찬 유치장 긴 밤이 얼음이 녹을 때까지 계속되던, 견디기 어려운 뼈마디 겨우 굵어서 떠나간 해도 달도 없는 것 같은 만주에서 오줌을 누면 금시 얼어붙도록 살을 베이는 바람 속에 나가 냉수를 뒤집어쓰며 맷돌 갈듯 갈아보았던 학문의—참 철환의 말마따나 존엄과 냉혹도 그놈에 망한 조선놈들의 비열한 꼴도 보기 싫고 돈 많은 중국 학생놈들의 곁눈질도 아니꼬아 옛다 기왕 내드딘 김에 깊숙이 더 들어가나보자고 떠나서, 벌써 더운 여름철에 이맘내 나는—아 또 무슨 변동을 기다린단 말일까.

두수는 반듯하게 누운 채 철환의 말에는 대꾸할 홍조차 일지 않았다. 철환은 의사에게 내어 맡긴 환자같이 누워 있는 두수를 물끄러미 쳐다보았다. 무슨 알지 못할 심리의 작용인지 철환은 두수가 자기 뜻을 이루지 못한 것을 한쪽으로 반겨하는 데 가까운 충동을 가지고 있는 것을 깨달았다.

'이게 무슨 생각이람.' 하는 것을 스스로 확증하기 위하는 것처럼

"여보게 이렇게 드러누워만 있으면 어쩔 테야. 나가세." 하고 철환은 계속하였다.

"그러잖어 신기숙, 전일 만난 신기숙 씨 집에서 자네를 초대하였네. 아직 이르니 나가서 시원히 목간이나 하고 조선 식민지 구경이나 가세. 아버지가 의사야 호인이지. 집두 깨끗하구. 혹 아나. 낯이 넓은 사람이라 좋은 수가 있을는지. 딸 때문에 학교 사람들과도 그리 막막지는 않을 거야." (하략)

—《한성일보》, 1946. 5. 3~13.(1~10회 연재본)

빛을 잃고 그 드높은 언덕을

― 「청춘」 중의 일절

열린 골짜구니로 치올려 부는 바람은 치맛자락과 함께 불어와서 잠들었든 산도야지 정갱이를 뛰게 하는 게 아니면 강으로 내닿은 불길이든가 화닥 그은 부싯돌에 타서 끓기 시작한 시커먼 피 흐르는 깊은 강물이 옛날부터 굽이쳤다 그는 일어나서 두 손으로 덥석 늘어진 그의 어깨를 움켜잡고 그를 돌려앉히면서

"그래그래 바람인 줄 알았어 바람이 바람이 불어와서 비가 퍼부으랴구 문짝이 북처럼 우는 줄 알았지 않소 북을 두드리랴 아 잘 왔다 잘 왔지 내가 잘 왔지"

하면서 그의 어깨를 흔들었다

그의 더운 손바닥에서 흘러오는 체온을 어깨에서 가슴으로 가슴에서 배로 배에서 아랫배로 더운 비같이 흘리면서 그는 눈을 감았다

눈을 감고 몸이 흔들리는 대로 또 보이지 않게 머리를 흔들었다 그는 그를 끌어안았다 부둥켜안고 아찔하면서 어디멘가 풀썩하고 넘어지는 것을 깨달았다 그의 정신은 떨었다 그리고 몸은 몸대로 풀어졌다 풀어져서 언덕에서 굴렀다

네 잘 왔에요 잘 왔으니까 다시는 쫓지 마세요 참 잘 오셨에요 네 이 수풀 속으로 들어오세요. 아 그러나 어쩌나 집에 못 가면 어쩌나 아이구 이렇게 미시문 어떻게 하나요

모르겠네 '어찌되는 건지' 모르겠네

이렇게 숲속이 더워서 어떻게 해요 저 혼자에요 혼자 왔으니까 죽이지 마세요 혼자 가시지 않죠 이젠 혼자 가시긴 못하죠 혼자 떠나가시문 이렇게 혼자 떨리겠죠 아 가만 계세요 저기 산돼지가 곤두박질을 치면서 달아나는군요 피를 흘리면서

어디에요. 여기가 네?

알겠서요

아 그러지 마세요

멀리 갔다왔에요 멀리 가지 마세요 네?

어디루 가요 아이구 이렇게 가만 있어두 자꾸만 떠나가요

내리 디디세요

물속이 웨 이리 깊어요 허리에 차네 아니 어깨로 넘네

아 빠지믄 어떻게 하나 빠지믄 어떻게 하나

아 숨이 맥히네 이게 화산 속에서 흘러온 유황硫黃물이죠 헤염을 쳐보아야죠 언덕으로 올라가 보아야죠

아 언덕이 아득하게 바라다 뵈네

저기 저 강변이죠

이렇게 반듯하게 누워 있으면 눈을 감아도 별들이 반짝이는 게 보이는군요

밤중에 별이 사람을 호려간대죠 그래서 애들이 참 모두 집으로 가드군요 나무 밑에서 밀감을 먹었드니 어찌 시든지 그래 그만 울었에요

아 어쩌믄 좋아요 그래 소리를 쳤죠

소리 소 소리

아 내가 이게 무슨 소린가

그러면서 별들이 희미하게 빛을 잃고 그 드높은 언덕 너머로 미끄러지듯 넘어가는구만

— 『종』, 1947.

범람汎濫하는 너희들의 세대世代

　남향판 붉은 산 나무도 별로 서지 않은 살풍경한 경사진 구릉들, 여기가 하루에도 몇 차례씩 늙고 어린 주검이 실려 와서는 영원히 묻히는 곳이다.

　아무리 이제는 생명과 하등의 교섭이 없는 백골만의 취락일지라도 좀 더 푸릇푸릇한 지역이 될 수 없을는지, 좀 더 생명에 가까운 거리에 있는 엄숙하고 그윽한 동산이 될 수 없을까. 만산이 다 희어도 좋겠다. 울다가 울다가 땀과 함께 피가 빠져서 하얗게 된 넋을 상징하는 하얀 꽃들이래도 좋겠다. 붉은 꽃 누런 꽃이 너무 주검에 대하여 무정한 홍소 같으다면 벙어리같이 하―얀 꽃들이래도 드믄드믄 있으면 좋겠다. 산은 너무도 붉고 흙은 너무도 거칠고 그 위에 텅 비인 하늘은 너무도 허무하다.

　이렇게 황당한, 전혀 뜻하지도 않은 황당한 불평을 머릿속으로 읊조리면서 부친이 드러누워 있는 봉분 앞에 모친과 함께 잠시 섰던 그의 먼 정신 속에서는 이상한 소리가 들려왔다.

　……너의 부친은 죽었다. 보아라, 꼼짝 움직이지 못하고 무거운 흙이 그의 가슴을 누르고 있지 않으냐. 이제는 다시 일어나지 못한다. 섭섭한

일일는지도 모른다. 그러나 죽었다는 일이 섭섭할 것뿐이지 살아 있는 너를 위해서는 다행한 일이다. 너는 이제로부터 자유로운 개성이다. 그 개성이 하고 싶은 대로 무엇이든지 할 수 있다.

한 양반의 집 주인이 없어졌다. 이제 너는 구태여 그의 앞에 무릎을 꿇고 앉아 주자朱子가 어떻다는 둥 육상산陸象山이가 어떻다는 둥 하는 따위 설교를 들을 필요가 없다. 괴로운 너의 세대는 해방이 되었다. 너의 동무들은 이제 그 봉건주의 앞에서 안경을 벗을 필요도 없고 피우던 담뱃불을 황겁하게 끌 필요도 없다. 실컷 피워라. 네가 가지고 있는 정신에 우뚝 서 있는 격율이, 또한 동시에 너의 세대의 만 백만의 격율이 될 수 있는 것이거든 모든 권위와 존엄에 실컷 항거하여도 좋다. 항거하여도 좋은 것이 아니라 항거하여야 한다.

부친은 죽었다. 간섭할 아무 세력도 이제는 없다. 사랑도, 일도, 아무러한 사랑이래도 할 수 있고, 아무러한 일이래도, 닥치면 지게인들 지지 못할 것이 무엇이랴.

체면도 위신도 볼 것이 없다. 다만 네 세대가 가장 옳다고 생각하는 일이거든 죽어가는 낡은 세대가 세워놓은 율법은 따라가지 않아도 좋을 것이다.

백정의 딸이라도 너는 이제 사랑할 수 있지 않으냐. 다만 네가 코피를 두 손에 철철 흘려 받으면서 따라가는 사랑이라면 창기인들 어떠하랴. 노여워하고 기가 막혀 할 사람이 이제는 없다. 마음대로 하여라. 나라에 큰일을 위하여 가장 작은 일에 네가 몸소 나아가 죽더라도 이제는 슬퍼할 사람도 억울하게 애처롭게 생각할 사람도 없다.

너는 완전히 해방이 된 것이다. 낡고 묵은 것에서 해탈이 된 것이다. 이제로부터 네가 갈 곳은 너의 낡은 봉건주의의 집이 아니라 바야흐로 범람하는 너희들의 젊은 혁명의 세대다……

"너 웨 그러구 섰니?"

눈물 한 방울 흘리지 않고 오랫동안 우두커니 서 있는 아들을 보고 모친은 이렇게 물었다. 그제야 그는 신발을 벗고 아직 가비만 꽂힌 봉분 앞에 절을 하였다. 아들의 설움을 조금이라도 덜어주기 위하여 이때까지 울음을 먼저 내지 않고 아들의 거동만 살피던 모친은 그제야 풀썩 주저 앉아서 소리를 내어 울기 시작하였다.

—『포도』, 1948.

프란씨쓰 두셋

    번잡한 브로드웨이에 있는 D대학이지만 도서관 안에 들어가면 딴 세상같이 조용하였다. 육중한 유리문을 밀고 들어서면 우선 125번가 근처에서 지하철로 구을러 들어가는 기차소리가 매듭을 끊듯이 사라진다. 다섯 사람이나 혹은 여섯 앞에 한 방씩 돌아가는 연구실에 들어가서 문을 잠거 버리고 앉는다면 세계는 완전히 우리들 것이었다. 그러나 동북켠으로 치우쳐 박힌 영문학과 연구실 유리창들은 다시 암스텔담 가街로 열리기 때문에 버스가 브레이크를 거는 소리를 피하지 못하였다. 그런 까닭에 나같이 잠음을 견디지 못하는 사람은 항용 서고書庫를 이용하기를 즐겼다. 통풍이 잘되지 않기 때문에 공기는 좋지 않으나 그래도 나는 간혹 아스피린을 먹으면서도 연구실에 가지 않고 이 절연체絶緣體 속 같은 서고를 찾았다. 서가 끝에 준비된 책상에 마주 앉아 스탠드를 기우듬이 앞으로 제끼고 책을 펴놓고 있으면 내 신경을 방해한다고 할 만한 것은 서고를 오르내리는 엘리베이터 문이 열렸다 잠기는 소리밖에 없었고 원래 문 닫기는 소리를 좋아하는 나는 이것을 시계 치는 소리같이 들을 수 있기 때문에 나는 아무런 고통도 듣기지 않았다. 간혹 새 구두를 신고 들어온 사람이 삐걱삐걱 옮겨놓는 발소리, 혹은 무거운 책을 미끄러운 널마루에 떨어뜨리는 소리를 들을 수도 있지만 이것은 도리어 침묵을 돋아놓는 효과만을 내일 뿐이었다.

내가 프란씨쓰 두셋이란 여자를 처음 만난 것은 이 서고 속에서였다. 만났다기보다 같이 있게 되었다는 편이 옳을 것 같다. 같이 앉았다는 말을 하는 까닭은 다른 사람들이 별로 이용하지 않는 이 서고를 날마다 장시간 그리고 지속적으로 쓰는 사람이라고는 나와 프란씨쓰밖에 없었기 때문이다. 나는 곧—곧이라고 하지만 처음 인사를 한 지 서너 달 뒤에—미스 두셋이라고 부르지 않고 이렇게 곧장 프란씨쓰라고 부르게까지 친한 사이가 되었다. 경우가 친할 수밖에 없게 되었던 것이—학기 초 어느 날 낮잠을 자다가 깨고 보니까 B서가 끝에 있는 내 책상 바로 옆 자리에 회색 눈동자를 조용히 감았다 뜨는 젊은 여자가 앉아 있는 것을 발견하였는데 첫째 남학생도 별로 좋아하지 않는 이 음침한 서고에 자리를 정하고 거의 날마다 와서 공부하는 여자는 대관절 어떤 사람인가 하는 것은 내 쪽의 흥미나 상대방에서도 역시 나와 거의 비슷한 호기심을 가졌던 모양으로 위선 서로 흥미를 갖게 되었고 둘째로 두 사람이 다 '윌리암 브레익'을 전공하고 있는 것을 서로 안 것과 그보다도 자리를 같이하고 조용한 서고 속에 두 사람이 나란히 앉게 되었다는 것이 친하게 된 가장 큰 동기였다.

서로 친하기는 하였으되 우리는 '브레익' 이외에 대하여서는 별로 서로 말한 적이 없었다. 저쪽에서 내 신분이나 과거에 대해서 물어본 적이 없다. 그러한 것이 더욱 친한 사인 것을 말하는 것이었는지도 모른다.

"당신 일본 사람이에요 중국 사람이에요?" 하는 등속의 항용 저들이 쓰는 질문을 그가 하였더라면 나는 저윽이 실망하였을는지 모른다. 나도 아무 질문도 하지 않았다. 다만 그의 이름으로 미루어보아 그가 불란서

계통 카나다 여자란 것을 짐작하였을 뿐이었다.

가을도 다 가고 신문지가 날마다 매연의 밀도가 높아가는 것을 알리는 운치도 없는 도회의 겨울이 깊어갔다. 나는 여전히 서고에 가서 '브레익'을 읽고 혹, 프란씨쓰가 오지 않으면 '브레익'을 읽지 못하고 그냥 앉아서 엘리베이터 문이 열릴 때마다 프란씨쓰의 발자국 소리가 들리는가 하고 귀를 기울이곤 하였다. 나는 확실히 단순한 관심 이상의 감정에 지배되고 있는 것을 속일 수 없었다. 숙소에 돌아와서 혹 '브레익'를 읽자면 곧 프란씨쓰의 몸에선지 옷에선지 풍겨오던 매운 향료 내음새를 맞는 것같이 되고 그렇게 되면 곧 나는 침대에 반듯하게 드러누워 천장으로 뚫린 내 방의 단 하나인 유리창 밖으로 하늘을 쳐다보았다. 그러면 대개 프란씨쓰의 향기는 차차 사라지고 고향에서 작별하고 온 옥희玉姬의 생각이 대신 났다. 밤이 짙어가드래도 맑게 개인 날 같으면 몇 개의 별이 눈에 잡히는 까닭에 얼마든지 오래 옥희나 또는 고향 더운 아랫목이랑 생각할 수 있어도 뉴욕 겨울 날세는 개이는 날이 별로 없는지라 일곱 시만 지나면 내 유리창은 완전히 깜깜해져버리므로 그다음에는 누린내 같은 스팀 기운이 꽉 찬 대자 길이 지붕 밑 방문을 와락 열어제치고 아래로 내려갈 수밖에 없이 된다. 주머니에 돈이 있는 날 같으면 그리니치 촌村에 있는 로마니 마리에 가서 '키안데'나 '럼'을 마시면서 심장에 화살이랑 꽂아 새겨놓은 더러운 탁자에 턱을 고이고 항가리아 여자 마리의 술에 얼큰한 피카소론論도 들을 수 있지만 그렇지 못하면 나는 대개 워싱톤 스퀘어 쪽으로 간다. 그곳 광장에는 분수와 벤치가 있기 때문이었다. 광장 아취 밑으로 약간 전등불이 희미하게 가리운 데서 나는 가까이 다가서는 커다란 여자를 만난다.

그의 붉은 입에서 확 풍기는 맥주 내음새를 맡지 않고도 벌써 나는 그가 밀매음인 것을 알 수 있다.

"혼자 가쇼?" 하고 그는 으레이 묻는다. "방을 구하느라고—" 하고 나는 전혀 생각해둔 일도 없는 거짓말을 태연히 한다. 태연한 말을 하는 동안에 여러 해 동안 참아온 내 피는 부글부글 피어 올랐다.

"내가 좋은 방을 하나 아는데—" 하고 커다란 붉은 입술이 썰룩거리면 "얼마?" 하고 나는 대담하게 묻는다.

"일주일에 칠 불—"

"아, 너무 비싸서 난 그런 덴 못 갑니다." 하고 나는 이번에는 정직하게 응하지 않는다.

"칠 불이 비싸? 그럼 다 글렀다." 혼잣말처럼 이렇게 중얼거리며 여자는 돌아선다. 그의 뒷모양은 야학에 가는 여학생의 모습과 다를 것이 없었다. 나는 조금 걸어가서 벤치에 털썩 주저앉아 뉴욕 대학 쪽으로 걸어가는 매음녀를 바라다본다. '따라가 볼걸' 하는 순간에 그 여자의 엷은 외투를 내민 젖가슴이 프란씨쓰와 비슷한 것을 기억하였다. 저만치 분수가 기운 좋게 뻗어 올라갔다. 아무리 기운 좋게 뻗어 올라가도 속이 시원찮았다. 나는 벌떡 일어나서 유니언 스퀘어 쪽으로 달음질하다시피 걸었다. 돈이 없는지라 택시는 암만 지나가도 탈 수 없다. 나는 지하철로 가벼이 달음질쳐 내려가서 브롱쓰로 가는 차를 탔다. 업타운에 사는 프란씨쓰 두셋을 찾기 위하여서였다.

116번가 지하철을 버리고 브로드웨이를 질러 나는 일단 모닝사이드 드라이브웨이까지 올라갔다. 밤늦게 아파트로 여자를 찾아간다는 행동을 충분히 뒷받쳐주는 용기가 내게 없기 때문이었다. 자동차길 벼랑가에 서성거리면서 네온싸인이 복닥거리는 어두운 흑인가 하렘을 내려다보았다. 시커먼 피가 엉긴 육체의 거리 하렘 쪽에서는 찬 동지달 기온을 극복하면서 코에 깔깔한 석탄 연기와 함께 더운 살 내음새가 풍겨오는 것 같았다. 나는 자동차를 비킨 걸음을 그냥 옮겨서 결국 프란씨쓰가 사는 아파트로 도로 갔다. 정문 안에는 아무도 없다. 자동 엘리베이터를 누르고 4층으로 올라갔다.

5호실—프란씨쓰의 방 안에서는 타이프라이터 치는 소리가 났다. 나는 문을 또닥였다. 타자기 소리가 그쳤다. 나는 한참 귀를 새오렸다. '왜 대답이 없을까' 하고 있을 때 프란씨쓰는 문을 안으로 열었다. 푸른 쉬이드를 걸은 불빛을 받은 그는 내리닫이 가운을 입어서 그런가 키가 커 뵈였다. 나는 왜 홍조된 그의 얼굴을 본체만체 길게 내려간 그의 발고를 보았을까.

"들어오세요" 하고 그는 비켜섰다. 놀란 것도 환영하는 것도 아닌 음성이었다. 나는 두 가지 중에 한 가지 반동이 있을 줄 기대하였기 때문에 저윽이 허정거리는 공허를 안고 돌려놓는 의자에 앉았다. 환영하는 기색이 보이지 않으면 곧 돌아서서 나올 생각을 하고 왔던 나다. 앉았다는 것은 그가 나를 역시 환영하는 때문일까? 그렇지 않았다. 그렇지 않았기 때문에 나는 아무 말도 안 하고 앉았다. 크게 감았다 뜨는 회색빛 눈과 불룩하게 워싱톤 스퀴어 매음녀를 연상케 하는 젖가슴을 허다한 미국 여자를 쳐다볼 때와 같이 부러웁고 또 경멸할 수밖에 없이—귀한 것을 잃은 보석상자와 같다고, 피와 얼이 떠나간 아름답고 건강한 형상形像들이라고—생각하고 앉았다. 프란씨쓰는 딱한 모양이었다. 그러나 나는 미국 여자에게 딱한 것이 그다지 아픈 일이 아니라는 것을 꽤 잘 알았다. 한 시간쯤은 딱한 것을 넉근 견딜 수 있는 줄 잘 알았다. 한 시간 동안쯤 얼마든지 예의禮儀의 첫꼴부터 예의의 마지막까지 되풀이할 수 있는 줄도 안다.

"버무즈 한 잔 할까요." 하고 프란씨쓰는 예의를 표시한다. 나는 고개를 끄덕였다. 그는 화장대에서 잔 두 개를 집어다가 테이블에 놓고 술을 따랐다. 스팀이 새로 들어오는 소리가 들렸다. 나는 따라놓은 포도주를 마셨다. 그도 마셨다. 이번에는 내가 따랐다. 그가 먼저 마셨다. 나도 따라 마셨다. 프란씨쓰가 또 따랐다. 이번에는 내가 먼저 마셨다. 방 안도 더웠지마는 술이 들어간 뱃속도 더웠다. 따르고 따라주고 얼마나 마셨든가 아마 한 시간이 넘은 모양이기에 프란씨쓰는 딱한 것을 이 이상 견디기 어려운 모양으로

"날 괴롭게 할랴구 오신 건 아니죠."

하고 못마땅함을 표시하였다.

"무슨 뜻이오." 하고 나는 비로소 입을 열었다.

"왜 아무 얘기두 안 하구 앉었어요."

나는 무엇이라고 대답해야 좋을지 몰라서 술을 마셨다. 프란씨쓰는 다시 술병을 들어 따랐다. 그러나 아무것도 나오지 않았다. 화가 나는지 취기가 돌아서 그러는지

"슬퍼 슬퍼 슬퍼" 하면서 책상에 가서 기대더니 "제발 그 동양 냄새 내지 마세요" 하더니 침대에 가서 몸을 버리듯 누워서 다리를 뻗었다.

내가 자기 방에 앉아 있다는 것을 잊은 듯이 하고 누워버린 프란씨쓰의 기탄없는 태도가 마음에 들었다. 나는 일어섰다. 몸을 던지다시피 하고 누웠던 터라 가까운 한쪽 폭이 침대로 흘러내리고 오렌지빛 파자마 다리가 드러났다. 물론 보기 좋은 자세다. 나와 함께 여러 번 타임 스웨이를 걷던 다리다. 어떤 때에는 음악회 시간을 대이느라고 숨을 헐떡거리면서 같이 달음질하던 다리다. 지금은 가끔 큰 숨을 쉬었다. 그럴 때마다 워싱톤 스퀘어 밀매음의 가슴 같은 젖통이 움직였다. 나는 또 이를 돌아다보았다. 나는 물론 참을 수는 없다. 나는 병에 술이 없는 줄 알면서도 잔을 따라보기도 했다. 잡지도 쥐었다가 크게 놓기도 했다. 눈을 감은 채 프란씨쓰는 모로 돌아누우면서 한 팔을 넌지시 이마 위에 넘겨보내고 코기침을 한다. 입안이 마르는지 입술을 다신다. 나는 그 입술 안에 앉니

가 약간 벌어진 것을 잘 안다. 모든 것이 네가 지금 서먹거리고 서 있는 것을 다 안다는 표정 같았다. 나를 기다리는 것일까?

그렇다면 눈을 한 번 뜰 게 아닌가? 그러나 눈을 뜨지 않는 것이 다행하였다. 눈을 뜬다면 무수한 미국 여자가 천리 만리 밖에서 나를 피로하게 보듯이 될 게 아닌가. 나는 책상 가까이 갔다. 두드려놓은 것은 16페이지 제8절—「하늘과 땅의 결혼」이란 대목

"머리는 숭엄하고 마음은 깨끗하고 생식기는 아름답고……" 나는 인용 구절을 읽다 말고 프란씨쓰의 말소리에 머리를 돌렸다.

"두수斗洙, 나 한 가지 물어봐요."

"물어보시오." 하고 나는 대답했다. 내 이름을 미스터 박 하지 않고 두수 하고 부르는 것이 좋았다. 간혹 미스터 박 하고 부르는 일이 있기 때문에 술이 취했구나 하면서도 나는 속으로 은근히 좋았다. 천리 만리 먼 데 수족관 유리 속에 사는 인어 같은 미국 여자에게도 피부 밑에 살 밑에 핏속까지 내려가서는 우리와 공통되는 '더운' 세계가 흐르고 있는 것이로다 하고 반가웠다.

"왜 채식을 하오?" 하고 그는 눈을 떴다.

그러나 그 눈은 도무지 멀리 닿은 눈이 아니었다. 당돌한 질문이다. 몇 번 같이 촤일드에 가서 점심이나 저녁을 먹어도 나의 채식에 관해서는 불관하던 사람이 무슨 흥미가 갑자기 생겼을까. 나는 웬일인지 대답은 하지 않고 성큼성큼 걸어가서 역시 기탄없이 그에게로 갔다. 침대 변죽에 모로 앉아서 나는 내 오른팔을 그의 가슴 위로 건네 짚었다. 프란씨쓰는 반듯하게 다시 돌아누우면서 "언제부터 채식주의자가 되었어요?" 하고 묻는다. 나는 상반신을 굽힌 채 우윳빛 목 위로 그의 작은 입으로 또렷하게 선 코로 크게 감았다 뜨는 회색 눈동자를 핥듯이 쏘아보았다.

나는 몇 시간 전에 밀매음을 만났을 때와 같은 충동을 느꼈다. 나는

몸을 일으키고 반듯하게 앉으면서

"삼 년 전부터." 하고 대답하였다.

"왜." 하고 프란씨쓰는 '비용'의 시詩를 취흥에 낭송할 때 같은 낮은 음성을 낸다. 나는 갑자기 일어나서 밖으로 달아나고 싶었다. "왜" 하고 묻는 소리는 나를 부르는 소리 같았기 때문이었다. 밀매음이 나를 부르는 소리 같았다. 나는 밖으로 뛰어나가 아까 만난 밀매음을 찾아가려고 하는 충동을 느꼈다.

"왜 그랬는지 내가 알죠." 하고 프란씨쓰는 혼자 부르고 썼다.

"왜" 하고 이번에는 내가 반문하였다.

"성자聖者가 되려구."

"성자가 되려구?"

"성자가 되어서 고기를 먹구 살을 달라는 악마를 물리치려구."

"악마를 물리치려구?"

"그렇잖음 왜 채식을 하우?"

"글쎄─" 하고 나는 한참 푸른 스탠드 불빛을 보다가

"나 한 가지 물어보리까?" 하고 다시 오른팔을 그의 가슴으로 당겨 침대를 짚고 내 얼굴을 그의 얼굴에 가까이 떨어뜨렸다.

"물어보세요." 하고 그는 웃는다.

취한 웃음이었다. 그러나 자연스러운 웃음이었다. 그러나 술의 공덕을 높이 평가하지 않을 수 없다는 것은 슬픈 일이었다. 술로 말미암아 수족관의 고기가 바다를 찾는 듯이 착각을 한다는 것은 술로 말미암아 비로소 천리 만리 먼 데 사람과 가까울 수 있다는 것은 슬픈 일일 뿐 아니라 부도덕한 일 같았다.

"왜 물어 안 보?" 하면서 프란씨쓰는 내 손을 잡았다.

"왜 그 어둠침침한 서고에 들어오우?" 하고 물었다. 내 다리고와 배와 가슴은 머릿속에서 나오는 생각과는 전연 다른 데서 떨었다. 차차 내 가슴이 프란씨쓰의 젖가슴에 닿는 것을 깨달았다. 그러나 우리는 회화를 계속했다.

"당신은 왜 들어오우?" 하고 그는 반문한다.

"조용하니까."

"나두 조용하니까." 하고 그는 다시 웃었다. 취한 웃음이었다. 나는 아무 말도 못하였다.

"당신 몸이 떨어요." 나는 아무 말도 못하였다.

"다 용기 없는 사람 짓이에요. 채식하는 것두 어두운 서고를 찾는 것 두—."

나는 아무 말도 못하였다. 그리고 확실히 팔이 떨리는 것을 깨달았다. 프란씨쓰는 두 눈을 깊이 감아버렸다. 취한 탓이었다.

"뭘 무서워 그러세요, 뭘 주저하세요." 하고 눈을 감은 채 프란씨쓰는 잠꼬대같이 중얼거렸다. 나는 아무 말도 못하고 미국 여자의 더운 가슴을 눌렀다. 스팀이 다시 들어오는 소리가 들렸다.

"전등 불빛이 내 눈시울에 너무 밝아요." 하면서 프란씨쓰는 다시 코 기침을 하였다. 나는 얼른 일어났다. 일어나서 스탠드 스위치를 껐다. 훤한 거리 불빛이 서창으로 흘러 들어와서 길게 가운을 흘리고 누운 프란씨쓰를 비쳤다.

"오세요." 하고 프란씨쓰가 불렀다. 그것은 퍽 흐린 술 취한 목소리였다. 그 목소리는 아까 만난 밀매음의 목소리 같았다. 나는 갑자기 도서관 서고 속에 나란히 앉았던 여자 생각이 났다. 도서관으로 그 여자를 찾아가야 될 것만 같았다. 나는 떨리는 손으로 문을 열고 프란씨쓰의 방을 나왔다.

밖에서는 함박눈이 퍼붓고 있었다. 기온은 몇 시간 전보다도 더 올라간 것 같으나 몸은 여전히 떨렸다. 물론 추운 까닭은 아니었다. 다시 프란씨쓰의 방으로 뛰어 들어가고 싶은 때문이었다. 그러나 나는 벌써 패배를 당한 사람이다. 할 일 없이 뱅크 가 숙소에 돌아와서 입은 채로 침대에 들어갔다. 옷을 벗을 용기가 나지 않았다. 벌써 스팀이 나간 뒤라 지붕 밑 방은 싸늘하게 식었다. 그러나 내 몸은 열병환자같이 달았다. 유리창에는 눈이 덮여서 하얗다. 도저히 옥희 생각이나 아랫목 생각이 나지 않았다. 술도 벌써 깨인 뒤라 눈에 막혔다고 생각이 없을 수 없는데, 아마 몸이 단 까닭이었는지도 모른다. 그러나 날세가 차차 맷자지면서 내 몸덩어리도 식어갔다.

정월이 지나고 2월 접어들면서 날세는 더 찼다. 나는 여전히 도서관 서고에 가서 '브레익'에 관한 것을 읽고 또 썼다.

프란씨쓰도 역시 서고에 와서 여전히 '브레익'에 관한 것을 읽고 썼다. 우리는 언제든가 지나간 날 밤에 관하여서는 서로 이야기를 하지 않았다. 다만 이따금 '브레익'에 관한 문헌에 대하여 의견을 주고받았다. 의견을 주고받아보아도 '브레익'에 관해서는 나는 벌써 별 흥미를 느낄 수 없었다. 도대체 읽기도 싫고 쓰기도 싫었다. 다만 프란씨쓰의 음성과 매운 향기와 의견이 흥미 있을 뿐이었다. 며칠씩 쌓인 흥미가 도저히 그냥 식을 수 없을 때마다 나는 촤일드에 가서 저녁 먹기를 청하였다. 그럴 때마다 프란씨쓰는 서슴지 않고 따라섰다.

물론 나는 채소만 주문하였다. 그러면 프란씨쓰는 미소를 띠우고 혹 약간 벌어진 앞니를 드러내기도 하나 다시는 어찌해서 채식주의자가 된 원유를 캐지 않았다. 하루는 역시 촤일드에서 나는 사라다와 옥수수를 주문하고 프란씨쓰는 폭을 청해다가 먹다가

"내가 왜 채식을 하는지 아쇼." 하고 묻지도 않는 말을 솔선해서 꺼냈다.

"몰라요." 하더니 그는 "왜요." 하고 아무 트집 없이 묻는다. 정말 알

고 싶은 표정이었다.

"당신들 미국 사람을 견딜 수가 없어서." 하고 나 자신 막연한 이유를 대었다.

"그게 무슨 말에요 견딜 수 없다는 게." 하고 잿빛 눈을 깜박거렸다.

"글쎄 그건 나도 어떻게 설명했으면 좋을는지 모르겠는데."

"두수, 역시 당신은 무서워하고 있어요. 주저한단 말예요." 하고 프란씨쓰는 돼지고기를 베어 들었다. 나는 내 뱃속에서 무엇인가 벌떡 뒤집히는 충동을 느꼈다. 그것은 퍽 유쾌한 감정이었다. 나는 프란씨쓰를 물끄러미 쳐다보았다. 역시 이제의 말은 자기가 자기 자신에 충실하였던 그날 밤 감정을 조금도 수정하지 않고 있다는 것을 선언하는 것으로 나는 이해하였다. 술 때문이 아니다. 일시 발작으로 나온 희롱도 아니다. 내 몸과 영혼의 문은 모든 바람을 위하여 열렸다는 것을 소리 높이 말하는 것 같았다. 어리석은 나는 다시 몸이 떨기 시작하였다. 과연 저 수족관 속에 흐늘거리는 육체로 가는 길은 나의 육체의 길과 같은 것인가?

침울하던 겨울이 가고 허드슨 강변이 푸르기 시작한 4월 초— '브레익'에 대한 흥미를 전혀 잃어버린 나는 대개 나의 조그마한 지붕 밑 방에서 옥희에게 긴 편지를 썼다. 별로 회답도 없는 편지들이었다. 그래도 나는 자꾸 썼다. 프란씨쓰 때문인지 가지에 물이 오르는 때가 되어서 그랬는지 하여간 나는 퍽 건실하고 정력적이었다. 그랬기에 길도 잘 모르는 그리니치 촌을 어디라 없이 지향도 없이 싸다니곤 하였다. 길에 가는 여자들이 차차 프란씨쓰와 같이 더워 보였다. 아름다운 석고상과 같이만 보이고 마네킹같이만 보이던 그들이 다 프란씨쓰와 같이 구수해 보였다. 그래서 점심이나 저녁을 먹지 않아도 배고픈 것을 모를 때도 있고 혹 돈 이래도 있어서 로마니 마리에 가서 '키안데'나 '럼'을 마시면 첫 잔에 곧 얼굴이 붉어가지고 나는 도리어 마리에게 피카소도 좋지만 고갱도 좋다고 설명하여주곤 하였다. 아마 그것은 프란씨쓰 자랑이었는지도 알 수 없다. 그랬기에 늙은 마리는 손을 꺽지고 여교사 모양 내 앞에 서서 "아하 너는 사랑을 하는구나" 하고 또는 "사랑한다는 건 몹쓸 노릇이란다" 하고 왕청 같은 휘파람을 불기도 하였다.

그런 날 저녁에도 워싱톤 스퀘어에 가서 벤치에 앉아 쉬일 필요도 없이 집으로 곧 돌아오고 만다.

그러한 종류의 하룻날 밤—나는 휘파람이래도 불면서 돌아와서 나는 내 지붕 밑 방문을 열고 쫑긋하게 의자에 앉아서 내 오기를 기다리는 프란씨쓰를 발견하였다.

"어마나—" 하고 나는 그 몸에 맞지 않는 옷 같은 영어이기는 하나 가장 진실한 의사로 내 기쁨을 표시하면서 흉내는 흉내로되 역시 가장 자연스럽게 두 팔을 벌렸다. 프란씨쓰는 사뿐 일어나서 내 손을 잡는다. '브레익' 노트 같은 휴대물을 가지고 오지 않고, 다시 말하면 아무 일 없이 놀러온 프란씨쓰의 도독한 손을 나는 징긋이 쥐어들면서 나는 곧 안으라고* 하였다. 내 품에 넙적 내서들지 않고 손만 내미는 그에게 앉도록 하는 것이 가장 공평하기 때문이었다. 섭섭한 마음은 커다란 기쁨에 비기면 아무것도 아니었다. 그랬기에 나는 잠깐만 기다리라고 밖으로 뛰어나가 버무즈 한 병을 사들고 들어왔다.

대강 짐작한 프란씨쓰는 선뜻 술병을 받았다.

"어서 따라요" 하고 나는 양복저고리를 벗고 유리창 줄을 잡아다렸다. 나는 유리창을 막대기로 덧같이 고였다. 별이 대여섯 알 뿌렸다.

"아이 추워, 왜 창을 열우." 하고 컵을 찾아 내어들고 프란씨쓰는 항의하였다.

| * '앉으라고'의 오기로도 보임.

"그래? 그럼 닫지" 하고 나는 다시 막대기를 빼고 돌아서서 입을 커다랗게 벌리고 웃으면서 그에게 완전히 복종한다는 표시를 하였다.

"어디 가서 술 먹었소." 하고 그는 잔을 들고 침대에 가서 앉았다.

"로마니 마리—. 마리에게 피카소도 좋지만 고갱도 좋다구 그랬소, 그리구 고갱도 좋지만—."

"좋지만?" 하고 프란씨쓰는 어린애 같은 눈초리다. 방이 좁은지라 두 발자국만 떼어놓으면 프란씨쓰 앉은 데다. 나는 술 컵을 든 채 상체를 굽히고 다갈색 머리에 입술을 대이면서

"몰라 뭐랬는지 몰라." 하고 나직이 중얼댔다.

프란씨쓰는 비스듬히 몸을 피한다. 그런 기맥을 안 나는 얼른 몸을 일으켰다. 계면쩍은 자세를 가다듬기 위하여 나는 들었던 컵을 한숨에 들이켰다.

"너무 많이 마시지 말아요" 하면서 프란씨쓰는 컵에 입을 댄다. 마지못해 응수하는 잔인 것을 나는 곧 알 수 있었다. 내가 그렇게쯤 생각하는 기맥을 알아차리고 착한 프란씨쓰는 한 모금 더 마셨다.

나는 한 컵 새로 따라 또 마시고 의자에 앉아서 고향에서 멀리 끌고 온 처량한 도랑구를 내려다보고 있었다. 오랜 침묵—사방에서 불어놓은 째즈가 들렸다. 음악 사이사이로 밖에 자동차 지나가는 소리가 들렸다. 무료하였던가 프란씨쓰는 컵을 다시 들어 한 모금 마시고 내 침대에 드러누우면서

"저 줄 좀 보게, 불길하기도 하다" 한다. 유리창을 당겨올리는 밧줄을 나는 쳐다보았다. 불길한 것도 아무것도 없는 노끈이었다.

"왜 그걸 불길하다고 그리우?" 하고 나는 물었다.

"목을 연상시켜요."

"누구 목을?"

"누구 목이야 누구 목 그냥 목이지." 하고 프란씨쓰는 내 쪽으로 돌아 눕는다. 나는 그의 말씨가 재미있어서 웃었다. 술기운 때문인지도 모른다. 프란씨쓰도 웃었다. 역시 동양 사람과는 의사가 통하지 않는 것을 자탄하는 웃음이었는지도 모른다. 하여간 우리는 서로 웃게 된 것을 다행으로 생각했다. 침대에 늘어뜨린 다리, 꺼진 아랫배, 불룩한 가슴, 보이지는 않아도 푸른 불빛에 미끈하였던 목, 그리고 이제는 역력히 알 수 있는 얼굴 모습―나는 동녘이 훤히 밝듯이 붉어온 그의 뺨을 그냥 보고 있을 수 없어 일어나서 그에게 다시 한 잔 권하였다. 그는 상반신을 일으키고 앉아 흔들었다.

"괴롭히지는 마세요." 하고 머리를 다듬으면서 "두수 난 당신을 좋아해요." 한다. 이 말이 끝날 순간에 나는 프란씨쓰에게 전하려고 들었던 컵을 손에서 놓아버렸다. 와짝 하고 컵은 깔개 위에 떨어져 깨어지고 핏빛 포도주는 곧 잦아들었다. 웬일일까, 내가 미쳤나 하고 어리둥절하고 있을 때 프란씨쓰는 벌떡 침대에서 일어나면서

"난 그만 가야 되겠어요." 하고 옷을 멈춘다. 나는 별안간 가슴이 덜컥 내려앉은 것 같은 충혈된 고통을 느끼고 두 다리를 힘껏 뻗고 섰다. '가? 어디로 가―' 하는 반항이 내 뱃속에서 가슴 위로 꾸역꾸역 차 밀어 올라왔다. 술이 들어간 때문인지도 모른다. 그러나 술의 힘이 이렇게 강할 수는 없을 게다. 나는 내 두 눈이 보기 싫게 충혈되었건 말았건 생각할 여유도 없이 프란씨쓰에게 달려들었다.

"프란씨쓰―" 하고 커다랗게 거친 숨결이는 내 목소리를 나는 프란씨쓰를 끌어안고 침대에 넘어지면서 들었다. 프란씨쓰는 한참동안 아무 반응도 없이 몸을 내어맡겼다. 내 손은 그의 미끈한 목에서 젖가슴에서 배로 떨어졌다.

"무서워 안 한다 주저 안 한다." 하고 나는 그를 부둥켜안아 끌으면서

중얼댔다. 그래도 프란씨쓰는 아무 응대도 반응도 없었다.

프란씨쓰는 나를 환영하는 것도 싫어하는 것도 아니었다. 내 정신은 당황하여졌다. 시간이 얼마나 지나갔을까 나는 고개를 쳐들었다. 그는 두 눈을 커다랗게 뜨고 있었다. 이상한 눈이다. 그의 가슴에서 약간 몸을 일으켰다. 그의 멀건 눈초리에 놀랐기 때문이다. 죽은 생선 눈—이라고 나 할까 할 때 프란씨쓰는 "당신이 누군지 난 잘 몰라요. 어떻게 알겠어요. 당신도 내가 누군지 모를 거예요." 하고 상기된 내 얼굴을 연민에 가까운 표정으로 물끄러미 올려다보았다. 나는 무엇이라고 해야 좋을는지 몰랐다. 내 몸 속으로 눈을 감고 돌아가는 피가 일시에 정지하고 마는 것 같았다.

프란씨쓰의 잿빛 눈동자는 여전히 죽은 생선같이 히멀거했다. '죽은 살덩어리를 안았구나—.' 그러나 내 살 속에 피는 염치없이 아직도 더운 여자의 고동을 알려고 하였다. '수족관 속에 너울거리는 인어, 도저히 도저히 같이 흐를 수 없는 이 피, 마네킨—수많은 미국 여자의 역시 하나, 천리 만리 멀리 떨어져서 멀리 고향 서울 추운 겨울에도 따뜻한 아랫목에서 돌아앉는 옥희에게 아무짝 없는 편지만 쓰고 있어서 무얼 할겐가—.'

나는 일어나 앉았다. 째즈 소리가 여전히 들려오고 자동차 지나가는 소리가 간단없이 들렸다. 프란씨쓰는 한동안 그냥 누워 있다가 한숨을 지으며 일어났다. 탈진한 사람의 한숨소리였다. 역시 자기네들의 씌워진 오랜 관습의 율법에서 벗어져 나올 수가 없었다는 것을 고백하는 한숨같이 들렸다. 말로나 사상으로는 이해할 수 있어도 역시 피로는 알 수 없는 먼 땅에서 성장한 육체 속으로 들어간다는 것은 도저히 생각할 수 없다는 것을 깨달은 한숨이었다.

프란씨쓰는 내 앞으로 와서 두 손으로 수그린 내 머리를 들고 조용히

입술을 대었다. 그리고는 얼빠진 사람 모양 돌아서서 유리창을 한참 내
다보다가 문을 열고 나갔다. 새가 날아간 조롱鳥籠 같은 방 안이다. 나는
멀리 끌고 온 커다란 도랑구를 오랫동안 내려다보고 있었다. 사면에서
여전히 째즈 음악이 들려왔다.

—《동아일보》, 1946. 12. 13~22.

한 화가의 최후

　태아장台兒莊이라는 데서 팔로군八路軍의 기습을 받고 일본군 삼만 명이 전멸을 당하였다는 외전이 뉴욕의 크고 적은 호텔 로비와 지하 전차와 극장 홀과 크고 작은 객실과 가두에서의 화제꺼리가 되었던 날 저녁에 나는 십사번 가에 사는 하야시 마모루의 아트리에에서, 삼만 명 전멸도 전멸이지만은, 그보다도 다른 데 더 급한 관심을 가지고 있는 주인과 한 내객來客의 대화에 귀를 기울이고 앉아 있었다. 화제는 별것이 아니라 누구든지 밤낮 듣고 밤낮 되풀이하는—억億과 만으로 헤아리는 인생이 억만 번을 되풀이하였을 자문자답, 어떻게 하면 예술가도 먹고 살아갈 수 있겠느냐 하는 문제와 따라서 예술을 몰라주는 속물들을 어떻게 하면 좋으냐는 것이었다.

　대들보와 서까래가 그냥 어설핀, 뉘 집 창고가 뎅그러니 그대로 잠시 아트리에로 사용이 되고 있는 방 안에, 무쇠 난로의 불조차 하 시원치 못한 이 시간에 그것은 십상 잘 어울리는 화제였다.

　"그렇다고 W.P.A.에 가서 품팔이를 할 수는 없고—."

하고 내객은 만모스와 이상 더 타협할 수 없는 일선에 와서는 슬기롭게 예술의 타락을 거부하는 것이다. W.P.A.라는 것은 1930년대의 공황을 극복하기 위하여 루스벨트가 실행한 뉴딜 정책 중의 한 가지로서 실업자 구제를 위한 프로그램인데 그중에는 생계를 얻지 못하는 미술가들에게 일자리를 주선해주어서 새로 짓는 학교라든가 도서관이라든가 혹은 고아원 탁아소 같은 데 벽화도 그리게 하고 건물에 맞는 도안도 그리게 하는 것이었다.

자기 작품이 인정을 받았거나 팔리는 예술가들이 이런 실업구제 사업의 대상이 되지 않을 것은 말할 것도 없다. 대개 아마추어들이 아니면 십 년, 이십 년을 두고 이 줄에 매달려 있어 보았자 별 수 없이 둔재라는 것을 깨달은 화공아치들이 할 수 없이 손을 내여미는 자리였으니, 아무리 삼순구식을 할지언정, 내 예술의 성불성成不成을 끝까지, 내 손으로 판단을 짓고야 말겠다는 패기가 말에뿐만 아니라 그 시꺼멓고 굵은 눈썹 사이에 어른거리는 유―진 이바노빗지 쩨롬스키라는 긴 이름으로써 하야시가 내게 소개하여준 이 내객에 대하여서, 도대체 이 미국이라는 곳은 나도 아닌 게 아니라 속물들의 세계쯤 입을 쓰다듬어버리고, 더욱이 미국 예술이라든가 예술가라는 것에 대하여는, 어디서부터 생긴 버릇일지, 수체 덮어놓고 줄잡아보는 나쁜 버릇을 가져온 나는, 새삼스러히 사사로운 관심을 가지고, 그의 됨됨이를 관찰하기 시작하였을 뿐 외라, 그의 과거와 현재를 한번 소상하게 알고 싶었다.

그러나 아무리 알고 싶은들 어떻게 당장 의자를 바짝 당기고 나서들어서, 그의 저 융숭하게 큰 코 밑에 내 얼굴을 디리대고, 당신은 보아하니 범연찮은데 어디서 어떻게 왔으며, 무엇을 어떻게 하고 있으며, 포부는 무엇이냐고, 꼬치꼬치 오비고 캐어 물어볼 수야 있는가? 해서, 다만 나는 피우던 담배 연기를, 엄청나게 높은 창고 천장, 사뭇, 그네라도 차고 올라가도 시원할 듯싶은 공중에 휘 뿜어 올리면서 하야시의 제작대

위에 버팅겨놓인 것만으로는 위험하여, 서까래와 양쪽 기둥에서 늘여온 굵은 철사에 빗들어 맨 〈비상飛翔〉이라는 미완성 조상彫像을, 대체 이게 날 짐승일까 길짐승일까 하고 헤아려보기도 하면서 석고 빛에 가까운 쩨롬스키의 얼굴을 골고루 살펴보기를 게을리하지 않았다.

깎긴 턱과는 균형이 짜이지 않도록 발달한 광대뼈가 심히 퉁구스족에 방불한 것을 하여간 미쁘게 받아 내린 목은 비교적 짧은 대로 가끔 기웃둥거리는 머리를 확실하게 유지하는 데 과불급過不及이 없고 아까도 말한 융숭한 코가 광대뼈와는 수천 리나 멀리 전형적으로 북구라파적이고, 코마루 위에 와서 찌푸리면, 거의 닿은 듯이 희랍적希臘的인 눈썹이, 희랍적이기에는 너무도 굵고 검은 까닭에 이것도 다시 의지적인 북구라파 탄생의 조건을 역력하게 그었고, 얀삽하게 다물리는 입이, 거대한 외력에 유린을 당하는 지중해의 착하고 조고만한 개항장 같아서, 대체 사람의 얼굴이 어쩌면 이렇게도 모순 덩어릴까 하고 이 사람의 전 인격까지를 의심하기 시작하면, 이번에는 움푹한 검은 눈 속에서는 차거운 서리발 같은 것이 연방 씨렁씨렁 나오는 것이다. 다못 굽실거리는 검은 머리를 잘 넘기고 남아서 시원한 이마가, 나는 이렇기도 한 동시에 저렇기도 한 성격을 고루 중화시키며 살아왔노란 듯이 평범하다.

다만 이 사람의 운명을 뒷날 잘 알아버리고만 내가 다시 한 번 그의 살아 있을 때 얼굴을 기억하면서 무엇이 그의 처참한 최후를 상징하고 있었던가, 두루 헤아본다면 눈도 키도 입도 목도 아니오, 조라지게 약간 옴으라 붙은 그의 귀라고 할까, 아니다 처참한 운명의 내임來臨을 그때부터 알리고 있던 것은 귀가 아니라 그의 뜬 목소리였다. 굵은가 하고 들으면 멀리 오지 못하고 도중에 풀석 꺼져버리고마는 목소리다. 가늘고 탱탱한가 하고 들으면, 제 소리에 지쳐 굵은 듯이 부즈르다 말어버리고 목소리로, 가끔 끼는 한숨소리로 다시 기운을 차리는 것인데, 잘 듣고 보면 결국, 힘에 부쳐 뜬 목소리오, 십오 관은 착실이 될 전 체증이 동동 매어 달리다싶이 듣기에 민망한, 피로한 사람의 목청이었다.

십오 관이 착실이 될 체중이라 하였지만은 사실, 저렇게 여므진 목덜미 아래 떡 버틴 두 어깨는, 원래 부모에게서 받은 굵은 뼈만이겠는지, 하여간 모든 의식주의 조건이 구비하다면 불출 수삭에 연미복이래도 입고 나선다면 아무리 큰 홀에서라도 몇 사람의 시선은 족히 끌어봄직한 체구다. 다만 손이 크고 가는 것이 판데, 그것도 충분한 태양에 신명나는 화필을 한참 움직이도록 기회만 준다면 저렇게 진 잔蓋을 들면서 바르르 떨지는 않을 것이 거의 확실하다.

이렇게 쓰다보니 내가 무슨 관용찰색觀容察色으로 그의 운명을 견강부회하랴는 관상쟁이 같은데 사실 쩨롬스키의 최후가 뒷날 하도 맹랑한 것을 알고는 그리도 할 법한 까닭에, 사뭇 지식도 없는 미신에까지 내가 유도되었는지는 모르지만은 그의 운명은, 사실 얼굴에도 씌어 있지 않고 목소리에 예고되어 있지도 않았다. 하물며 착하기가 새 새끼 같은 그의 흰 손이 방정을 떨었을 이치가 있을 리 없다.

모든 죄는 그의 밖에 있었다. 이렇게 정당한 사람 됨됨이로도 써, 가히, 삐비적거려 내일 수 없도록 망측하게 조직이 되어버린 사회가 그의 운명에 대하여 책임을 질 뿐이다.

"사람이 돼지새끼로 환원되기를 기다리는 놈의 세상. 아, 커다란 돼지새끼를 한 마리 그려줄까? 내 넙적다리꺼정 포개먹고 께께 하는 꼴을 좀 보게! 모든 색소는 삼색으로 환원이 되어야 만족하는 놈들, 모든 의욕은 눈깔에 핏대가 서도룩 금덩어리만 찾는 것에 끊어져버리고, 저 귀한 정열이란, 하룻밤에 두 번 세 번, 다른 배때기를 찾아 침대를 옮기는 데로만 가는 놈이 세상. 그걸, 저놈들이 자유라지? 자유, 기회—아, 너무 많아 걱정이다. 자유가 너무 많아 걱정이다. 기회가 너무 많아 걱정이다.

실컷 먹고 께게 하고 실컷 허리를 쓰고 나서, 이제 봐, 터진 창자를 꿰매는 전문 의술이 발달하고 원숭이 불을 까서 팔아먹는 시대가 곧 올게오. 아 미스터 박 미안하오. 술이 너무 좋아서 내 혀가 깜박 속았나보!"

째롬스키는 한참 떠들다가 내게 한번 이렇게 예의를 따져놓고, 내가, 천만에 말씀이라고 흔드는 고갯짓을 만족하게 생각하고 나서 다시 계속하였다.

"내가 더 달란 말이 아니오. 잘 알아요. 이건 자본주의 사회야. 자본주의 사회니까 자본 바깥에서 풀을 뜯어먹고 사는 염소 같은 내가 또 내 분수를 잘 알지. 잘 아니까 더 달란 말은 아니야. 그러나 내가 일한 것만큼은 누가 줘야 될 거 아니야. 이치가 그렇잖어? 줘야지, 내게 응분한 보수를 줘야 마땅하고 응분한 경의를 표해야겠지—아 내가 망말이군. 경의를 표하란 건 망말이오. 하지만 이게 완전한 사회 같으면야 면류관은 모르지만 응분한 치사야 있을 법도 하지. 없어. 없어. 있는 것은 차디찬 회계會計—입자줄과 것자줄이 딱 들어맞어야 해죽이 웃는 놈들의 사회. 내 다 알지. 내 다 알어. 내가 죽기를 기다리는 거다. 이놈의 사회가 내가 죽기를 기다리는 거야. 그러나 안 될 말이지—."

째롬스키는 다시 진을 마신다.

그의 하는 말을 듣고 보면 어떤 대목은 거의 무병신음無病呻吟에 가까운 거짓 비장悲壯도 섞이어서 예술가로서의 진위를 판단하기에도 곤란하도록 불유쾌한 감정을 상대자에게 일으키게도 하는 것이나, 다만 한 가지 어쨌든 스스로 불행한 사람이라는 것에 누구나 반대할 수는 없도록 그의 위치만은 대개 구체적으로 드러나 있었다.

"파리로나 가보지."

하고 하야시가 자기 의견을 말한즉

"파리? 설사 내가 돈이 있어 파리로 간다구 해봐. 그건 이 공진회에서 저 박람회로 코끼리나 원숭이처럼 끌려가는 것밖에 아무것도 아니야. 이놈의 데를 견디지 못하고 떠나간다는 것은 벌써 내가 내 자신을 한 개의 상품으로 만들어버리는 것이고, 또 상품이라 하자. 상품이자면 말이야. 이건 참 기 막히는 노릇이지만, 상품이라구 처놓은 담에야 여기서 호가해서 올라가지 않는 값이 저쪽 경매에서는 나을 것 같애? 천만에 내가 그냥 견뎌봐야지 끝꺼정 견디다가 잿더미에 쓰러지는 게 차라리 건전한 역사의 기록을 위해 나을게오."

하고 들었던 잔을 던지다시피 하고 기운을 모드기 위하여 그의 특유한 한숨을 쉰다.

　"그야 의미 없이 죽으라는 법은 세상에 없을 터이니까."

하면서 하야시는 넥타이를 바로 매고 일어서서 서성거렸다.

　"그냥 세상이라고 하지 마오."

하고 쩨롬스키는 그 좋은 체구를 일으켜 세운다.

　주인이 출입을 하고자 하는 기맥을 알았기 때문이었다.

　"그야, 그야 물론—."

하고 침대 위에 걸쳐놓았던 외투를 입으면서

　"나는 벌써 그런 세상이 아닌, 새로운 세상을 전제로 하고 하는 말이오, 천하가 다 자본주의로, 오늘 이 시각까지 빈틈없이 꼭 째웠다고 하더래도 나는 그것을 더 단단히 조이기 위하여 있는 한 개 나사못으로 있지는 않단 말이오, 꼭 째인 괴물이 아무리 크다고 하드래도 그보다 더 큰 풍화작용은 부인 못할 터이니까, 그러니까, 우리 같은 머리나 손은 무얼까, 이를테면, 기어코 쓰러트리고 말기 위하여 꾸준하게 불어치는 바람의 한 관여자일까?"

하고 하야시는 일본 사람 특유한 배리한 미소를 짓는 것이다.

　나는 두 사람의 주고받는 토론의 요령을 잘 이해할 수가 없었다. 그렇다고 냉큼 일어나서 그게 모두 무슨 뜻을 의미하는 말들이냐고도 물을 수도 없는 것이오, 또 내가 무엇을 알아서 남들이 모처럼 진지하게 서로 알고 주고받는 것을 가로지를 처지도 아닌지라, 대체로 두 사람이 다 스스로 불만을 가지고 있는 예술가들이라는 것쯤 알고 조용하게 일어섰다.

"그러니까 그러한 사회가 올 것으로, 반드시 올 것으로 알고, 예술은 예술의 허리띠를 단단히 졸라매고 덤벼야 하잖겠오?" 쩨롬스키는 나보다는 나은 모양이나, 역시 하야시의 말을 알삽하게 생각하는 표정이, 구태여 찡그리지 않아도 좋을 그의 양미간에 굵다랗게 분명하다.

"말하자면 그렇다고 우직하게 할곬으로만 대가릴 박고 뚫을 필요도 없고. 차근차근이 왜 기둥 밑둥아리를 잘근 잘근 씹어 쓰러트리는 동물을 모르오? 두고봅시다그려. 어떻게 되나, 자본주의가 걸어놓은 현상懸賞이 있거든 모르는 체하고 그것도 따먹고—."

"당신은 하여간, 예술도 좋고 생활력도 좋소."

하고 쩨롬스키는 한 점을 선선히 하야시에게 주는 것이다.

하야시의 입에서 현상이라는 말이 나왔으니 말이지만, 기실 하야시 마모루는 몇 달 전에 모 통신사에서 모집한 신문 보도를 상징하는 도안 현상 모집에 일등 당선을 하였었다. 그것이 계기가 되어 그의 기왕 작품이 좀 더 널리 미국 화단에 소개되었었고, 또 그것이 인연이 되어서 얼마 전에는 보스톤에 사는 모 부호의 미망인의 초청을 받고 가서 새로 지은 집 실내 장식, 가장 집물 일체의 설계를 맡아하였던 행운아였다.

"사상은 사상이고 그렇다고 요령 없이야 그 새바람 속에 선들 날을 수 있겠오?"

하야시는 어느 정도 쩨롬스키의 칭찬을 시인하는 것이다.

"그러니까 나더러 W.P.A.루 가란 말이오?"

"아니, 아니, 그야 될 말이오."

하고 요령 있는 하야시는 나도 알아차리기 곤란한 정도로, 자기 소신을 쓱색여버리고 좋도록 좋도록 내객을 달래는 것이다.

세 사람은 문밖으로 나섰다. 어두운 거리에서는 별이 총총한 밤이다. 이때까지 구름 같은 이야기나, 연기 같은 감정과는 왕청나게 달리, 버티고 선 높다랗고 육중한 뉴욕 고층 건물들이, 인간은 발뒤꿈치에 채이면서 절그럭거리는 깡통에서 몇 인치 더 가지 못하는 것으로 아는 냉혹한 표정으로 골목골목을 지키고 섰다.

자 이렇게 바위 같은 자본주의가 세레나드와 같은 바람에 넘어갈까, 엄청난 회계는 모르는 것이 상책만 같아서 나는 자본주의에 대한 관심을 일단 포기할 수밖에 없었다.

그러나 내가 관심을 하거나 하야시가 쳐다보거나 쩨롬스키가 잠시 눌렸거나 간에, 저 지나치게 극성스러운 콘크리트의 자본주의 기형적 발달은 그 자체의 무게에 조만간 넘어져버리고 말 것만 같이 위태로워 보였다.

지구의 인력을 요행으로 알고 이용하는 데도 분수가 있어야 할 게고 금金의 점착력의 능력만 믿고 편한 잠만 자는 데도 한도가 있어야 할 것이 아닌가.

인력의 혜택도, 금력의 부조도 받지 못하는 사이에 또 목소리를 지르게 된 쩨롬스키는 간단한 인사를 남기고 우리에게서 떨어져 자기 갈 곳으로 가버리었다.

'나더러 W.P.A.로 가란 말이오?'
하던 그의 뜬 목소리가 오래 내 귓속에서 사라지지 않아서 기회가 있으면 그의 그림을 한번 구경하고 싶은 생각을 하고 있을 때

"나 어디 가는지 아오?"
하고 하야시가 묻는 것이다. 나는 모른다고 할밖에.

"칵텔 파티―."

하는 하야시의 어조는 자랑스러웠다.

"칵텔 파티에 그런 옷을 입고 가도 괜찮소?"

"더 나은 게 있어야지."

"누구 파티요?"

"중국 전재민 구제회 주최 빠자가 끝난 기회에 기부금을 낸 사람들을 중심으로 각계 명사를 초빙하는 거라나."

동족 수만 명이 전멸을 당하였다는 소식이 채 식기도 전에 그들의 적인 중국인을 위한 회합에 나가는 하야시를 나는 단순히 요령 있는 예술가로만 칠 것이 아니었다.

"어디서?"

하고 나는 겉으로는 조금도 탄복하는 기척을 보이지 않았다.

"아스토에서."

"굉장하군."

"이러다가는 나도 정말 유명하게 될 것 같은데."

"좀 좋소?"

하야시는 내 장단에 매끈한 미소를 짓다가

"태아장이란 데서 일본 군대가 전멸을 당했다지?"

하고 묻는다. 나는 잠시 어이가 없었으나 여전하게 걸으면서

"그랬다는구만."

하고, 동족의 전멸을 마치 화성에서 일어난 일같이 심상하게 말하는 젊은 이세二世의 담담한 태도와 심경에 다시 한 번 놀라서, 무슨 말이 또 나오는 것일까, 하회를 기다렸다. 그러나 그는 한참 동안 아무 말이 없었다. 우리는 워싱턴 광장에까지 왔다.

하야시는 자기의 조국에 대하여 더 언급하지 않았다.

유니언 스퀘어에서 우리는 지하철을 탔다.

나는 그의 심경을 알 수 있는 것도 같아 화제를 돌려서

"쩨롬스키가 대체 어떤 사람이오?"

하고 물어보았다.

"좋은 사람이오. 순정가純情家요, 나이 사십이 가까운데 독신이고, 파란波蘭 출생으로 유명한 소설가 스테판 쩨롬스키*와 한 집안이라는데 가족의 명예를 위하여서 그러는지 어떻게 된다는 말은 하지 않더군. 유리전전하면서 어릴 때부터 고생을 꽤 한 모양입데다. 다만 한 가지—양심은 있는데 사상思想이 없는 예술가지."

"스테판 쩨롬스키— 저 『재灰』라는 소설의 작자?"

하고 나는 깜짝 놀랐다. 하야시는 그렇다고 대답한다. 스테판 쩨롬스키는 파란의 대표적 작가다. 제정帝政 로서아露西亞가 자기 조국에 가한 포학에 대하여 끝까지 싸우면서 몇 번이나 투옥을 당하고 1905년 혁명운동의 실패 후에, 결국 추방을 당하여 불란서로, 이태리로 망명을 하여 어지러운 조국의 하늘을 그리며 금시 때려놓은 강철 같은 소설을 써서 세상에 널리 파란의 유원함을 알린 작가였다.

1925년도 노벨 문학상의 제일 후보자로 지목까지 받았으나 그의 지나친 조국애가 화가 되어 명예는 그에게 돌아가지 못하고 말았으나 육십일 세의 아직도 아까운 나이로 갑자기 저세상 사람이 되자 파란 정부는 그의 말년의 친소親蘇 내지 공산주의적 경향으로 해서 일부의 빈축이 있었음에도 불구하고, 국상으로써 이 위대한 반항의 작가를 추모하였던 것이었다.

하야시는 타임 스퀘어에서 내렸다.

---

* 스테판 쩨롬스키(Stefan Żeromski, 1864~1925). 폴란드의 소설가. 사회의 모순과 싸우는 인물을 묘사함으로써 정치 사회 문제를 다룸. 작품에 『집 없는 사람들』, 『재』 등.

만주사변 이후 시시각각으로 사지가 말라 들어가는 조국을 훌쩍 떠나온 내가, 아무리 탕자이기로 풍전등화 같은 내 민족, 내 조국의 먼 하늘이 오매에 잊힐 리가 없었던 것이기에, 우연한 기회에 구립도서관에서 읽은, 이 파란 작가의 단 한 권 영어역본 『재』가 검은 눈에 붉은 피가 지다시피 내 머릿속에 타는 숯덩어리같이 남아 있어, 아, 무심한 하늘이 어찌하여 나에게는 하소연 한마디 핍진하게 쓸 수 있는 자질도 베풀어 주지 않았던 것인가 하고 알아달라는 것도 아닌 혼자 설움에 가까운 패배감敗北感에 잠시는 사로잡히기도 하던 기억이 있는 터라, 그러한 작가의 친척이 되는 사람을 바로 내 눈으로 보고 또 그의 목소리를 들었다는 것만도 큰 재산 같아서, 나는 초연하게 서로운 사상을 몸소 겪고 있는 일본인 이세, 하야시 마모루에게보다도 더 가까운 친화를 느끼지 않을 수 없는 동시에 다시 한 번 놀라지 않을 수 없었다.

하야시같이 버젓한 조국이 있는 사람은 조국을 구태여 조고마한 조국으로 섬길 필요는 없을 것이다. 그러나 내게는 우선 사슬에서 풀린 조국이 있어야 하겠다. 그러고 나서면 나도 아마—만일 그런 계제라면—하야시와 같이, 내 샷특하고 의義롭지 못한 조국을 저주하면서 적敵을 위한 구휼救恤에 나도 한술 포시布施를 선선하게 아끼지 않을 것으로도 생각하였다.

흥분과 호기심으로 이틀을 넘기지 못하고 다시 하야시에게로 가서 쩨롬스키를 같이 한번 찾아가보자고 하였을 때, 하야시는 물론 이의가 없었거니와 쩨롬스키와는 관계없는 일이지만은, 그는 그제밤 칵텔 파티에서 제비 뽑는 노름이 있었는데 자기가 일등에 당선이 되어 드 소트 한 대를 탔다는 이야기를 하는 것이다.

"참 행운아로군. 그래 자동차 어디 있소?"
하고 나는 저윽히 부러운 것을 짐짓 태연하게 이렇게 물었다.

"팔었어. 판 게 아니라, 팔어서 그 돈을 중국 전재민에게 보내주라고 했지."

하고 하야시는 만족스러운 미소를 크게 무는 것이다.

"훌륭하오."

나는 진심으로 탄복하였다.

"아다리마에 데쓰요."*

하고 서투른 일본말로 사회주의자 하야시는 태연자약하게 나의 하잘것 없는 정신을 후려때리는 것이다.

"하여간 좋소. 우리 쩨롬스키를 만나거든 축하의 의미로 같이 한잔 합시다."

나는 멋대가리도 없는 말을 주절댔다. 그러나 저러나 간에 나는 유쾌하였다. 하야시도 기분이 좋은 모양이었다. 기울어져가는 햇빛을 오래간만에 즐기면서 두 사람은 가벼운 걸음으로 그리닛찌 촌 큰 거리를 걸어 내려갔다.

걸으면서 이야기를 한다.

하야시는 쩨롬스키가 핏즈벍에서 열리는 카네기 미술전람회에서 삼년 동안 내리 낙선이 되었다는 것, 서로 안 지는 얼마 되지 않지만은, 친구가 별로 없는 쩨롬스키에게는 자기가 친한 친구의 한 사람일 거라는 이야기, 생활에 견디다 못하여 시립소학교에서 도화를 가르치는 것으로 호구지책을 삼는다는 것, 몇 번 개인전을 가져보았으나 비평가들은 누구 할 것 없이 냉담하였고 심지어 맑쓰 노도라는 비평가는

"화가가 무슨 까닭으로 다시 재灰에 앉으랴고 하는지 이해할 수 없다. 좋은 그림을 잘 그리는 것이 요령이지 스토안같이 포즈 하여 보았자 결

| * 당연하죠.

국 잿더미 위에 주저앉고 말 것이다."

라고 혹평을 하였다는 이야기. 잿더미라는 것은 그리닛찌 촌에 화가들은 다 아는 이야기로서, 평생을 참담하게 노력하여보았으나, 결국 아무 성공도 하지 못하고, 늙어버린 어느 화가의 자서전 이름 『이렇게 하여 나는 잿더미에 앉다』라는 것에서 나온 것이라는 것. 쩨롬스키는 자기 생각에도, 이건, 노파심일는지 모르지만은 차라리 연극이나 무용 같은 것을 하는 것이 나을 것만 같다는 이야기. 그러나 봄에 욘으스톡에서 열리는 화가 동인 전람회에 출품할 작품을 지금 만들고 있는데 이것이 화가들 사이에서 평이 좋아 추천이 되어서 욘으스톡 개러리에 진열이 되면 전도는 열릴 것이라는 등속의 이야기를 내게 들려주었다.

그리닛찌 촌이 거의 끝나는 거리, 이태리인 빈민굴에 가까운 어느 좁은 골목 동향판에 앉은 아파트 삼층 지붕 밑, 이것이 양심은 있으나 사상이 없다는 화가 쩨롬스키의 아트리에였다.

삼 층을 다 올라가면 층계 어구는 넓은 마루요, 방은 하난데 서쪽에 문이라고 할 것도 못되는 빈지 널쨍이 열린다. 방 안이 좁은 탓으로 마루 구석구석에 그림 칸바쓰가 그득이 세로 혹은 가으로 뒤집혀 싸여놓았다. 문을 뚜들길 것도 없이 주인은 구둣발 소리를 듣고 먼저 나와 반겨 맞는 것이다. 여전히 희고 모순된 얼굴에 시커먼 눈이 크다. 누런 작업복을 입은 것을 보면 제작 중이던 모양이다.

우리가 와서 방해가 되지 않느냐고 하야시가 묻는 인사말에

"천만에, 천만에, 방금 끝내고 손을 닦던 중이오. 이렇게 와줘서 참 고맙소."

하고 쩨롬스키는 방 안으로 우리를 안내한다.

너닷 간 되는 방인데 천장이 비교적 여느 애틱*보다 높고 창도 제법 서쪽 벽에 뚫리고 지붕에도 들창이 있어, 화실로는 그만하면 족하다. 스

팀도 잘 들어오는 모양으로 탁자에 놓인 튤립이 얼지 않고 생생한 대로 푸르다.

서창에서 들어오는 광선을 잘 받을 수 있는 위치에 놓인, 큰 이즐을 나는 한 바퀴 돌아, 오는 삼월에 욷으스톡 전람회에 출품할 작품인 것 같은 제작 중의 이백 호 칸바쓰 앞에 섰다.

이백 호짜리 칸바쓰 앞에 서기 전에 나는 우선 벽에 걸린 십 호, 이십 호, 혹은 사십 호에 어지럽도록 사람의 시각을 지리멸렬하게 하는 붉고 푸른 색채에 어리둥절하였거니와, 이것은 또 무엇일까, 옆에서 듣자니, 하야시의 묻는 말에 대답하기를 여덟 번째 고쳐 그리는 중이라는 작품은, 푸른 하늘같은 원경인지 근경 밑에 만삭滿朔이 된 여자의 배 같은 둥그러한, 호수도 아니오, 분화구도 아닌 부분이 핏빛이오. 뼉다군지 나무가진지 알 수 없는 것으로 묘출描出한 진한 흙빛이 다시 모래조개 껍데기들인지 지나가는 구름조각인지 알 수 없는 것을 무수하게 열매같이 드리우는데, 별안간 왼쪽 피 호수湖水가에서 여덟 가락 손목이 부러졌는지 모래에 파묻혔는지, 하여간 그림에 그다지 조예가 없는 나로 하여금 간신히 이해할 수 있는 정도로 하얗게 선명하다.

이게 소위 슐리아리즘이라나, 원, 다다이즘이라는 겐가, 하여간 그렇게도 그림을 좋아하는 나를 충분하게 슬프게 할 정도로 유식한 것이다.

그러나 실망을 하면서도 끝까지 그림을 사랑하는 것이 내 병인지라, 아 역시 저 푸른 하늘인지 바단지 모를 호수 같은 여자의 배 위에 깊고도 어렴풋이 씨렁씨렁 흘려놓은 인디고가 엘 그레꼬의 빛깔도 같아 나는 자못 기뻤다.

아무리 기쁜들 이것을 가지고야 어떻게 다시 한 번 쩨롬스키의 얼굴

| * 다락방attic.

을 쳐다보지 않을 수 있는가.

쩨롬스키의 얼굴은 그대로 모순되고 희멀건 석고 빛이오, 유창한 영어는 오늘도 뜬 목청이다.

솔직한 이야기가, 나는 그의 그림에 대하여 적지 않이 낙심하였다.

적어도 저 혁명적 작가 스테판 쩨롬스키와 피를 나눈 예술가라면 이렇게 사뭇 주역周易같은 세계에서 혼자 부르고 쓰는 자미를 예술의 지락至樂으로 삼고만 있을 수가 있을까.

그러나 나시 생각하고 보면, 세상이야 무엇이라고 하든지 간에 자기 소신대로 자기 예술을 완성시켜보겠다고 빵 조각을 뜯어먹고 맨물을 마시면서, 자자곤곤히 이—즐과 싸우고 있는 이 사람에게 자기 말대로 응분한 존경을 베풀지 않을 수도 없는 일이었다.

자기 손으로 끝장을 내보고야 말겠다고 하던 긍지는, 비단 그의 굵은 북구적인 미우간에뿐 아니라, 어찌 보면 차근차근 칠하고 또 꼬밀꼬밀 깎어놓은 화면畵面에서도 찾을 수 있는 것도 같이, 기왕 내가 이같이 동정과 존경을 겸해 할 바에는, 조금이라도 옳게 그의 그림을 이해하고 싶어서

"실례지만 이 그림 이름은 무엇입니까?"

하고 물어보았다.

쩨롬스키는 하야시와 주고받던 화구畵具 구입에 대한 이야기를 중단하고

"〈구원救援〉입니다."

하고, 정중한 태도로 대답하는 것이다.

나는 음, 하고 다시 〈구원〉을 쳐다보았다. 아무리 보아야 알 수 없는 노릇이다.

하늘이, 붉은 여자의 배가 무거운 것을 구원하기 위하여 푸르다는 뜻일까? 여덟 손가락이 두 손을 의미하는 것 같은데, 그것이 저 호수로 상

징한 양수羊水 속에서 지금 빠져 죽으려는 태아胎兒를 건지는 산파産婆의 손이라는 뜻일까?

자, 일이 이렇게 되고본즉 둘에 둘을 보태면 넷이 되는 것밖에 모르는 내 머리로서는 다시 한 번 이 진지한 예술가 쩨롬스키의 얼굴을 쳐다볼 수밖에 없다. 쩨롬스키는 여전히 건강하고 얼굴은 무던하게 이상하다.

"누가 누구를 구원하는 것인지오?"

나는 예의가 아닌 줄은 알면서도, 그림에 대한 일반적인 애착을 버릴 길이 없어 이렇게 다시 물었다.

"누가 누구를 구하다니요? 미스터 박은 아마 기독교적인 견해를 가지고 물어보시는 말씀 같은데, 나는 그런 종류의 윤리나 논리에 아무 흥미가 없습니다. 누가 따로 구하는 사람이 있고 구원받는 사람이 있는 것이 아니라고 생각합니다. 다만 구원이 있을 뿐이지오, 저 지구 덩어리같이—"

쩨롬스키의 회화 이론은 그의 그림 〈구원〉보다 더 어렵다. 화상을 타자는 말인지 막자는 말인지 알 수 없다. 다만 한 가지 아이 밴 여자의 아랫배 같은 것이 지구라는 것을 비로소 그의 설명으로 이해하였을 뿐이다. 하야시가 싱글 싱글 웃는다. 쩨롬스키는 여전히 심각한 표정이기로

"지구 덩어리가 어떻게 구원을 받나요?"

하고 또 한 번 물어보았다.

"제 스스로 받지요. 별이나 달이나 해나 꽃이 스스로 구원을 받는 것같이. 우리는 그것들을 다른 것과 관련시키는 일이 없이 저들의 지니고 있는 아름다운 것을 그대로 평가하고 평가한 대로 재생시켜야 할 것입니다. 순수한 조건하에서 순수하게, 아주 순수하게."

쩨롬스키의 순수 예술론을 듣고 나서 나는 다시 〈구원〉을 쳐다보았다.

나는 붉은 지구 덩어리밖에 아무것도 이해할 수 없었다.

"예술은 이해하기 위한 것이 아닙니다. 예술은 호소하기 위한 것입니다."

하고 쩨롬스키는 나를 계몽시켜주는 것이다.

하야시가 만들어내는 상징象徵들은 그래도 어지간히 알 수 있는 것이었으나, 나는 쩨롬스키의 순수한 평가와 재생은 아무리 노력을 하여도 알 도리가 없었다. 자, 병病도 이 지경 되면 그야말로 구원할 길이 없을 것만 같아, 나는 더 캐어묻지 않고 혁명적 작가의 일가에게 기대하였던 모든 희망을 절수하는 수밖에 도리가 없었고 철수하고만 이상 더 앉아 있을 흥미도 없어서 하야시를 넌즛이 종용하여가지고 돌아오고 말았다.

그러나 그림을 좋아하는 병이 고질인 나는 쩨롬스키를 아주 잊어버릴 수가 없었다. 그런 까닭으로 나는 얼마 후에 혼자서 제롬스키를 다시 찾아가 보았다.

제롬스키는 여전히 열심이고 여전히 처량하였다. 방 안에 모든 것이 전날 보던 대론데, 놀란 것은 이백 호의 내용이 달라진 것이다. 전에 있던 붉은 지구 덩어리가 이번에는 하늘에 올라가고 푸른 엘 그레꼬의 인디고 하늘이 아래로 내려오고 여덟 가락 손은 어디론지 가고 없는 것이다.

"좀 고쳐봤지요, 실재가 무겁다고 예술에서 반드시 무거울 필요가 없는 것이요. 그것은 차라리 작가의 호흡이, 실재의 무게에 가뻐지는 경우에는 도리어 가벼워져야 되겠지요."

쩨롬스키는 변경된 화면에 대한 설명을 이렇게 하고,

"아직도 앞으로 두 달이 있으니까 좀 더 생각해볼 작정입니다."

하는 것은 아마, 자꾸 뜯어 고칠 작정인 모양이다.

나는 그때, 그 자리에서, 불연간 내 자신이 마치 도깨비한테 홀린 허수애비 같은 어지러운 착각을 느끼도록, 쩨롬스키의 정신상태를 의심치 않을 수 없었다. 나는 쩨롬스키가 별안간 미쳐서 주머니에서 칼이래도 끄내가지고 내 가슴을 찌를 것 같기도 하였다.

나는 어쩐 일인지 오래 앉아 있기가 불안하여 핑계를 하고 총총하게 나와버렸다. 이날이 내가 쩨롬스키를 본 최후였다.

도저히 구원받지 못할 한 불쌍한 예술가를 측은이도 생각하면서, 세상은 넓기도 하여 별 사람도 많은 것이라고 바로 혼자 잘난 체도 하여보았거니와, 그러나, 한편으로는 제발 쩨롬스키의 〈구원〉이 온으스톡 전람회에서 동인들의 인정을 받게 되기를 진심으로 빌기도 하였다.

아닌 말로, 쩨롬스키는 굶을지언정 W.P.A.에 끌려 나가지 않겠다는 예술가적 자존심을 가진 사람이요, 나보다 친히 아는 하야시 말이, 양심이 있는 사람이라 하였고 또 이 사회가 그릇된 자본주의의 농락을 받고 있다는 사실을 자기 입으로 선언도 한 사람이니 좋은 계기를 만난다면 어찌, 자기 예술에 대하여 근본적인 성찰인들 하지 않을 것이라고 누가 보장하랴, 하야 나는 비록 다시 찾지는 못하였을망정 사실 커다란 희망을 가지고 전람회의 하회를 기다렸던 것이다.

그랬던 것이 천만 뜻밖에도 나는 청천벽력 같은 소식을 내 손에 들고 말았다. 그것은 눈도 다 풀리고 고향 같으면 종달새도 우짖을 좋은 때—.

어느 날 아침 나는 뉴욕 《선》에서 쩨롬스키가 엠파이어 스테이트 빌딩 제86층에서 떨어져 자살을 하여버렸다는 기사를 읽은 것이다.

또 하나 다른 자살自殺
시체는 무명화가 유진 이바노빗지 쩨롬스키로 판명.

이라는 표제 아래,

작 24일 오후 삼 시 십오 분경 마魔의 탑 엠파이어 스테잇트 빌딩 제 86층에서 신장 5피드 7, 모발 흑색, 눈 흑색의 청년이 떨어져 죽었는데 조사한 결과 파란계 무명화가 그리닛찌 촌 거주 유진 이바노빗지 쩨롬스키로 판명, 시체는 소관 구청에 수용 중인데 자살한 원인은 생활난과 실연인 것 같으다─.

생활난이란 말은 또 모르겠지만은 실연이라는 것은 물론 당치도 않은 소리었다.

그러나 저러나 간에 죽어버린 사람이 무슨 까닭으로 죽었는지 새삼스럽게 캐는 것은 살아 있는 사람들의 자유일 뿐, 죽어버린 사람에게는 하등 상관이 없는 노릇이었다.

쩨롬스키가 자살을 하였다는 신문기사를 본 그날 나는 하야시를 찾아갔다.

하야시는 〈비상〉을 다 끝내고 빗드러 매었던 쇠줄을 풀고 있었다.

"아까운 사람이 죽었으."

하고 하야시는 한마디 말뿐 긴 이야기를 하지 않았다. 다만 옫으스톡 전람회에서도 고인은 추천을 받지 못하였었다는 사실을 내게 알려줄 뿐이었다.

나도 죽은 사람에게 대하여 아무런 시비를 하고 싶지 않아 화제를 딴 데로 돌리고 말았다. 다만 두 사람 사이에 비어 있는 의자에 앉아 있던 허우대 좋고 창백하고 모순된 얼굴에 굵은 눈썹이 이렇게 쉽사리 훌쩍 없어져버리고, 뜬 목소리가 다시 들리지 않는 것인가 하고 생각할수록 이상할 뿐이었다.

"사상思想이란 어마어마한 것 같으나 기실은 종이 한 장 손가락으로 넹기는 것으로 알어도지는 것인데─."

하고 하야시는 고개를 개웃뚱거리면서 혼잣말을 중얼거렸다.

　무슨 의민지 잘 모르겠으나 사상도 결국 산 사람들의 양식糧食이지, 죽은 사람에게야, 그야말로 쩨롬스키의 말마따나, 아주 완전하게, 순수하게 스스로를 구원하여버리고 말았는데 남을 것이 더 있을 수 없는 노릇이었다. 남은 것은 5피드 7, 뻣뻣하게 식은 고기 덩어리와 이제는 고요하게 움직이지 않을 열 손가락이 가즈런할 뿐이다.

　나는 이튿날 오후 하야시 마모루와 함께, 잠시 알고 지낸 정의情誼를 지키기 위하여, 몇 사람 안 되는 친구들이 데리고 떠나가는 유진 이바노빗지 쩨롬스키의 영구차의 뒤를 따라 벌써 옷이 무겁도록 따뜻한 강바람을 쪼이면서 부롱쓰 화장장으로 따라갔다.

—《문학》, 1948. 4.

FRAGMENTS

시인의 머리는 한 기관機關이다.

○

그 기관은 짚신을 삼는 두 손과 비슷하다. 두 손 속에는 짚신의 형식이 미리 들어앉았다. 두 손은 물론 머리의 지배를 받기는 하나 그렇다고 머릿속에 짚신의 형식이 있는 것은 아니다.

시의 기관은 두뇌를 떠나서 이런 의미에서 자율적이요 두 손은 두뇌를 떠나 또한 자율적이다.

○

시는 생명체에서 직접 오는 것도 아니요, 두뇌에서 오는 것도 아니요, 기실 제삼의 치륜齒輪의 회전에서 생산된다. 제일 치륜인 생명의 발상지를 우리는 물론 모른다.

○

그런 의미에서 시의 조성造成은 기계적이다. 조고마한 눈덩이를 굴리면 급기야 커다란 눈사람이 되고 마는 것과 비슷하다.

조고마한 눈덩어리가 어디서 왔느냐, 그것은 담길 자리에 물이 고이는 것과 같다. 물이 어디서 왔느냐고 하는 것은 시의 소관사가 아니다. 소재 세계를 두고 소재 세계를 딴 데 가서 탐색하는 것과 같다.

○

두 손에다가 짚을 먹이는 것은 횡일橫溢하는 소재가 기관으로 꾸역꾸역 밀려들어 가는 것과 일치한다. 시는 이 기관 속에서 제작되는 것이 아니라, 이 기관을 거쳐서 나가는 데서 제작된다.

소재의 취사선택은 영감이 하는 것이 아니라, 실로 이 기관 자신이 한다. 이 기관을 통하는 동안에 적자만 생존한다. 그러므로 요는 그 기관이 정확하고 투철하여야 한다. 요컨대 훌륭한 짚세기의 형식을 세포 최하층에까지 저리게 해득解得하고 있는 두 손은 자연히 좋은 짚세기를 낳는 것이다.

○

종래에 불러온 천재 혹 범재는 기관의 이칭異稱일 뿐, 그 기관이 크고 작은 것은 선천적이나, 그 정밀도는 후천적 단련에 있다. 그러므로 두 손이 정확할 수 있는 도리는 부단히 짚세기를 삼는 데 있다. 부단한 시 작업은 시인의 머릿속에 녹이 쓸지 않게 하는 유일한 방법이다.

○

기관은 또한 비단을 짜는 베틀과도 같다. 소재는 올과 날로 부정하고 또 긍정하는 것으로 차위次位가 발견되어야 하며 조직되어야 한다.

좋은 술을 담을 수 있는 그릇은 좋은 것이어야 하며, 시에 있어서 그것은 항상 비어 있어야 한다.

○

시는 탄생되자마자 저만치 물러앉는다.

그렇다고 그 시인의 소유가 아니라는 말은 아니다.

○

시인은 독자를 구원하는 것이 아니다. 함정에 빠진 사람에게 시인은 동아줄을 내려 보내주는 대신에 그 사람의 생의 의욕보다 더 강렬한 것으로써 그 사람과 교통함으로써 그 사람이 스스로 올라오게 하는 것이다.

○

며느리를 달달 볶는 시어머니에게 돌아오는 설교의 역효과를 시인은 항상 피한다.

○

시인의 생명은 체중 이십 관 때의 정력의 충일에 있기보다 꺾어진 버들가지에서도 오히려 살고자 하는 의욕이 있는 것을 나의 ELAN VITAL* 로 한다.

○

먼동이 트는 것을 화가가 그렸다. 시인이 와서 그 속에 차고 또 뜨거운 것이 있다고 말하는 것이다. 이율배반의 괴리에서 일어나는 모순의 부정과 부정의 부정이 시인의 유일한 논리학이요 방법론이다.

○

계곡 암소暗沼에 이십 세의 건강한 여인이 어깨까지 잠그고 들어앉았다. 시인이 와서 차고 또 뜨거운 정열이 물속에 있다고 말한다.

모든 것을 피의 무게를 기준으로 측정하라.

○

시인의 요령은 열 마디 할 것을 다섯 마디로, 다섯 마디 할 것을 한 마디로, 한 마디 할 것은 입을 다물어버리는 데 있다.

| * 앙리 베르그송이 말한 무한한 에너지의 폭발과 도약, '생의 약동'이라고 번역되기도 함.

○

시의 충실은 시인의 머릿속에 준비되는 '허虛'의 심도에 정비례한다.

시의 최소공배수는 그 시대 인민 전체 의사의 최대공약수로 된 진리에 필적한다.

○

"이 쇠가 녹았으니 다시 달궈 오너라."라고 외친 사육신의 한 사람인 유응부俞應孚의 정의감에 누가 이론이 있겠는가. 그러나 정밀한 기관이 그것을 전부 통과시키겠는가 의문이다. 시의 정밀도는 인위적인 것 또 너무 의식적인 것을 높이 평가하지 않는다.

에픽티터스*는 사형선고를 받았다. 그다음에는 밥을 먹으라는 명령을 받았다. 에픽티터스는 밥을 먹고 단두대에 올라갔다.

일사불란한 정신질서, 그것은 나갈 데를 아는 동시에 멈출 데를 아는 것이다.

○

'무지'는 부족한 것이나 한때 실수로 용서할 수 없다. 그것은 살인강도와 다름없다. 글자를 모르는 것이 무지가 아니라, 모르는 것을 모르는 것이 무지다.

○

시인은 항상 자기가 모르는 것을 알아야 한다.

용이한 것을 적대시한 시인들이 있었다. 그네들은 대개 고독과 결혼하였었다. 나중에는 고독과조차도 이혼한 사람이 있었다. 자살하였다는 말이다.

---

* 에픽테토스(Epicteus, 55~135년경)를 말함. 고대 그리스 스토아 학파의 철학자이자 소아시아에서 노예로 태어나 고문을 받아 절름발이가 되었다고 한다. 자유민이 되어 로마에서 철학을 가르치기 시작했고 티코폴리스에 철학 학교를 세웠다. 우리가 우리 삶의 주인이 되어야 하며, 선과 악은 우리 선택에 존재하는 것이지 외부에 있는 것이 아니라고 가르쳤다.

나도 이 사도邪道에서 헤매다가 부상을 당한 일이 있었다. 그러나 다행히 내게로 쏠리는 시대의 천재의 힘인 다수자의 진리의 힘을 입고 소생하였다.

내 시가 난삽하다는 말을 듣는 것은 지당한 일이다. 내 상처가 아직 다 낫지 못하기 때문이다.

시에 있어서 백합百合이 길쌈을 하지 않는 것으로 오인하지 말라. 참새가 떨어질 때 우주가 협력한다고 하지 않았는가.

○

거대한 암석은 항거하는 것도 아니고 굴종하는 것도 아니다. 위대한 것은 때로 범주範疇조차 초월한다.

○

시는 범주에 구애되지 말아야 하겠다.

시에서는 반드시 슬프니까 우는 것만이 아니다. 우니까 슬퍼지기도 한다.

○

사상으로 남조선을 연역하지 않아도 남조선이 사상을 귀납지어줄 만하다.

○

시인이 상상을 전유하였던 습관을 버리라. 상상으로 하여금 때로 시인을 소유케도 하라.

상상이 시인을 소유하였을 때 시는 객관화되기 용이하다.

○

상상은 가벼워야 된다. 그러나 '우모羽毛같이 가벼울 것이 아니라 새와 같이 가벼우라.'

○

상상은 무거워야 된다. 그러나 돌과 같이 무거울 것이 아니라 피와 같이 무거우라.

체험은 절대로 필요한 것이다. 그러나 체험보다 필요한 것은 한 그루 나무로 전 삼림을 파악할 수 있는 기관의 정밀도다.

○

육체는 생산하고 정신은 소비한다. 정신은 육체를 생산하도록 늘 뒤에 앉아 있다. 이 사이에 생기는 시의 가치는 다른 생산과 소비관계에서 결정되는 '필연'적 가치와 같다. 종래에 영감靈感이라는 것은 이 '필연'의 이칭이다.

필연한 것이 시인에게 오고 마는 것은 임금林檎이 익으면 떨어질 수밖에 없는 것과 같다.

○

떨어지는 순간을 포착하라. 그때에 '새는 날아서 새에 방불彷彿한 것이다.'

○

임금林檎이 떨어지는 순간을 포착하였을 때는 벌써 올이 날을 물어버린 순간이다. 물어버린 이상以上 기관機關의 필연성은 시인 밖에서 비단을 짜고 만다.

○

공기空氣라는 사실이 '허虛'에 흘러 들어갈 때 바람이 생긴다. 시인은 공기보다 바람을 노래한다.

○

상상으로 하여금 시인을 소유케 하라는 말은 상상으로 하여금 상상을 낳게 하라는 말과 같다.

○

상상이 상상을 낳는 과정은 단세포 두 개가 생식세포를 구성하고 이 생식세포가 다시 사분열 팔분열 십분열하여가서 나중에 생명의 총체의 단위를 이루는 것과 비슷하다.

○

시에 있어서 두 개의 생식세포는 지양止揚이 될 두 개의 정당한 모순이다.

○

우선 산 높이를 이야기하기 전에 골짜기의 깊은 것을 말한다.

○

시인은 상상이 상상을 낳아가는 전 과정을 감시할 뿐이다.

○

가장 비상징적인 시조차 항상 상징적이다. 아귀가 맞지 않는 데서 아귀가 맞는 것이 시다. 그러므로 시는 과학 이전 상태거나 과학 이후 상태다.

○

과학이란 기관機關을 수리修理한다는 말이다.

○

감정이라는 것은 수정할 수 없고 또 도로 물릴 수도 없는 것이다.

○

과학은 $2+2=4$를 말하는데 반하여 시는 $2+2=0$이거나 $2+2=\infty$를 성취하고 마는 것이다.

○

시의 자율적인 것은 '부득이'한 것과 '불가피'한 것이다. 그러므로 시에서는 과학에서 성립이 되지 않는 둔갑법遁甲法과 축지법縮地法이 성립이 된다.

○

시작詩作에 있어서 과학적인 엄밀을 숭상한다고 시가 엄밀하게 되는 것이 아니다.

시 자체가 엄밀할 필요가 있으면 스스로 엄밀하지 않고는 못 배기는 자율성을 가지고 있는 것이다. 칠음계를 벗어나가서도 시가 성립되는 소이所以는 칠음계 이상을 요구하는 시의 자율적인 것이 음계 이외의 것을 능히 감당하기 때문이다.

통곡을 한 데는 반드시 통곡에 필적한 원인이 있었던 것이다. 만일 좀 더 통곡을 하였다면 또 좀 더 통곡을 한 것에 해당하는 소이연이 있었을 것이다.

○

시는 시 자체의 과학을 가지고 있다. 그것은 엄밀한 것이 아니고 엄밀한 것을 감시하는 태도와 방법이다.

○

닭의 배를 가르고 그 부패를 방지하기 위하여 눈을 뭉쳐넣은 것은 확실히 과학적 방법의 효시였다. 이 방법이 과연 과학적이라고 긍정하는 것이 시인의 과학적 '태도'다. 그러므로 시인 자신은 대체로 손수 닭의 배를 가르지 못한다.

○

그러므로 시인은 따라서 체험 자체가 아니다. 시는 체험과 상상 사이에 놓이는 교량이고 매질인 것으로써 시를 생산한다. 체험을 통하여 상상할 수도 있고 상상을 통하여 체험할 수도 있다.

○

시인의 과거의 경험 중에는 '산山사람'의 투쟁에 유사한 경험의 단편들이 있을 것이다. 그것을 유추하여 '산사람'의 투쟁을 시화詩化할 수 있다.

소년 시절에 가시에 찔렸던 살의 아픔과 남의 과수원에 몰래 들어가려고 하던 때에 가졌던 긴장 상태를 기억하라.

그것을 옳게 전입轉入시켜서 강화하면 '산사람'의 투쟁을 그릴 수가 있다.

○

모든 것을 다 알고 시를 쓰겠다는 것은 누만금累萬金을 모은 뒤에 좋은 일을 하겠다는 것과 같다. 시인의 임무는 한 냥 돈을 유효하게 쓰는 것이다.

○

모든 것을 소유하려는 데서 시인은 모든 것을 잃어버린다.

그러나 또한 모든 재료를 수집하여 두자. 과학에 있어서 한 개 단안斷案을 내리기 위하여는 실로 몽블랑의 높이의 재료를 쌓은 것이 있어야 한다는 말을 역시 시에서도 기억하자.

○

사실의 투영을 그려서 사실에 필적케 하려는 것이 나의 시작詩作 의도였다. 남조선 사태는 때로 그럴 여유조차 주지 않는다. 결국 사실 자체 속으로 돌입할 수밖에 없지 않은가. 시의 의상을 희생하고 시의 육체를 남길 도리밖에 없다. 다만 객관화시키기를 잊지 말자. 내 머리는 한 개 기관에 불과한 것을 잊지 말자. 그리하여 내가 제작하는 시가 인민 최대 다수의 공유물이 되게 하자.

○

'진리'만이 무서운 것, 차차 우리는 '주검'에 대하여 침착하여가는 것이 아닌가.

—『제신의 분노』, 1948.

홍명희 · 설정식 대담기

아직도 쌀쌀한 춘한春寒이 봉급생활인의 꺼진 등에 시린 어느 날 오전 열한 시 즈음하야 기자는 속기자를 대동하고 홍명희 · 설정식 양씨 대담 처소인 인사동 홍명희 선생 댁을 방문하니 영식令息 기무起武 씨가 반겨 맞아 사랑방인 듯싶은 서재로 우리를 인도하여주신다.

간반間半이나 될까 병풍으로 둘러막은 이 안채 협실은 주인을 제하고 객이 세 사람만 앉고 보면 서로 숙친熟親한 사이가 아니라도 무릎에 무릎을 포갤 수밖에 도리가 없으리만큼 협착한 방이다.

대당수大黨首의 거처로는 실로 내객이 도리어 민망할 지경이나 두루 한 번 다시 안두案頭에 한서漢書, 양서洋書며 그 위에 놓인 확대경이며 한매寒梅 이미 꽃을 지은 향긋한 구석마자 고루 티끌 하나 없이 깨끗한 것을 보면 역시 가난한 나라의 선비의 살림살이로는 이만하면 족하다고도 하겠다.

문호의 안하案下라 미리 섭복懾服*한 것은 꼭 아니로되 두루 좁기도 하여 한구석에 국궁**하고 있노라니 환력還曆을 금년에 맞이하신다는 선생

* 겁먹은.
** 극진히 공경하여 몸을 굽혀 절을 하는 것.

이 늦은 조반을 치르시고 들어오시는데 대당수로는 너무도 범연하고 대문호로는 너무도 평범하시다.

우리의 일행이 된 대담의 상대자 설정식 씨를 위시하야 일동은 기립에 가까운 초면 행례, 어서들 앉으시라고 노대가는 시인의 낮은 인사를 높이 받으시며 천식 기운이 잦으시나 그대로 윤화한 음성으로 원래遠來의 노勞를 치하하시고 기자의 사회도 있기 전에 우선

"필요가 있어야만 찾어주시는구면."

하시고 해학으로 일행을 안심시키신다.

설정식 씨 죄당만사罪當萬死*까지는 몰라도 적이 황송스러운 표정일 뿐 대답이 없다. 노선생은 원숙하신 소설가라 인생의 기미를 통찰하시는 데 누漏 있을 리 없어 곧 화제를 돌리어

"잘 압니다. 예전 계동 사실 때 선고장先考丈** 찾아가 뵈일 때마다 봤지요. 그땐 소학교 다니실 때였지 아마."

하니 시인은 그뿐 아니라

"사실 숭사동 사실 때 저도 뵈인 적이 있습니다."

하고 보니 초면인 줄 알았던 두 분은 서로 길이 끊인 사이에 모습을 잊었을 뿐 분명한 구면인 것을 기자는 알았다.

대담 이전에 두 분은 벌써 대화를 시작한 것이다. 우정偶丁 선생이라는 분 이야기가 나오고 시인의 선고장 이야기가 나오더니

"발표하시는 시는 늘 읽었지요. 신문을 보고 또 설 아무개라니까 읽어볼 수밖에— 그런데 호는 무엇이라고 하시는지—."

하고 묻는 말에 시인은

"선친께서 오원梧園이라고 주셨지만 제 주제에 무슨 호를 쓸 계제도

---

* 지은 죄가 너무 커서 죽어 마땅함.
** 돌아가신 남의 아버지를 높여 이름.

못되고 혹 이름을 피할 필요가 있으면 하향何鄕이라고 붙여도 봅니다."
하고 무호無號 시인은 고백한다.

　이대로 대화를 내어버려두어서는 기자 소기의 목적에서 괴리되어갈
우려 다분히 있는지라 체면 불고하고 내의來意를 표명할 수밖에—.

기자　미리 여쭌 바와 같이 사실 오늘 두 분 선생님을 모시려고 한 것은
　　　두 분께 문학 내지 문화에 관한 말씀을 듣고자 하는 것입니다.
　　　지난 세대와 신세대의 대조라고 할는지 일치라고 할는지 하여
　　　간 일반 독서인의 참고가 될 말씀을 많이 하여주시면 고맙겠습
　　　니다. 우선 홍 선생님께 특히 여쭙고 싶은 것은 조선의 신문화
　　　운동의 전말이온데 선생께서 직접 문학을 시작하시던 이야기부
　　　터 들려주시면 고맙겠습니다.

신문화운동의 내력과 동경 유학 시대

홍　　신문화운동이라는 것이 글쎄 언제부터 시작되었다고 할까. 신
　　　문학이라는 건 대체 육당, 춘원이 글을 쓴 때부터겠지요. 나는
　　　그때 문학이라는 걸 별로 모르고 있은 셈이지요. 내가 남양 그
　　　렇지 신가파新嘉坡*에 가서 한 삼 년 있을 때 춘원이 아마《매일신
　　　보》에 『무정』을 썼지 하니까 신문학의 시작이란 그리 오랜 일이
　　　아니여. 그리고 그 후에 염상섭의 『삼대』가 나왔고 그 외에도
　　　한두 개 작품들이 있었지만 대단할 건 없었고, 박종화 나도향
　　　김기진 그밖에 여러 사람이 《백조》라든가 하는 잡지에 썼고 나
　　　빈은 조선도서주식회사 편집부에 같이 있었지요. 그래 만나면

| * 싱가포르.

문학 얘기도 하고 그랬지.

기자   그전 동경 유학 당시 이야기부터 하여주십시오.

홍   동경에 가서 나는 중학교 3년 급에 편입을 했지. 육당 같은 사람은 관비로 갔지만 난 사비생이야. 유학생들이 대개 전문부 아니면 대학에를 들어가드구만서두 나는 일본말을 철저하게 배우고 신학문을 기초부터 시작하기 위해서 중학으로 들어갔지요. 갈 땐 그저 우리 아버지가 법률을 배워가지고 오라고 하시는데 나도 물론 문학을 할 생각은 없었고 차라리 법률보다는 자연과학 공부를 해보려고 했지요. 내게는 자연과학이 재미있었거든요. 중학에 들어가서 교과서를 보니까 나오는 이야기가 모두 미지의 세계거든. 그런 미지의 세계에 대한 동경이 심했지요. 그러나 아버지께서는 문학은 물론 반대시었지만 그까짓 자연과학은 또 배워서 무얼 하느냐 하시기도 하여 자연과학 공부도 제대로 되질 못했어.

일본서는 그때 한창 자연주의 문학이 성할 땐데 그 뒤에 곧 사회주의운동이 시작되어서 문학에도 그 영향이 상당히 있었지만 역시 작가로는 다야마 가타이田山花袋, 시마자키 도손島崎藤村 같은 사람들이 활약했지요.

우리가 문학작품을 읽기 시작한 것은 나는 원래 중국소설 같은 것을 좋아했으니까 자연 아무것이고 재미로 읽게 되는데 외국 것은 물론 번역을 통해서 읽었고 일본 것은 소설이 제일 보기 쉬우니까 자꾸 읽었지요.

그때 처음 동경 가서 신바시新橋 어떤 여관에 들었는데 심심하길래 젊은 주인 녀석더러 무슨 책이 있거든 좀 빌려달라고 했더니 잡지 나부랭이 대여섯 권을 갖다주더구먼. 거기 소설 같은 것도 있고 한데 어지간히 알아보겠더군. 이게 문학작품 읽은 시초요. 그때 우시고메牛込 야라이정失來町에 책사가 하나 있었지요. 거길 자주 다니다가 그 주인하고 친해졌는데 그 군君이 발매금지가 된 책을 곧잘 구해주더구먼. 그때 발매금지가 되는 책에는 두 가지 종류가 있었는데 한 가지는 사상서류요 또 하나는 풍기문란으로 발매금지되는 것이 있어서 내가 찾은 것에는 풍기문란에 걸린 소설도 물론 있었지. 그리고 사상서류도 구해봤는데 그때 얻어본 책 중에는 크로포트킨의 『빵의 약탈』이라는 책도 있었지요. 그리고 몰리에르 전집 세 권으로 된 것이 나왔는데 그 둘째 권도 아마 발매금지가 되었었지. 한데 그것도 그 군이 구해주었어요.

설 그러니까 그때 선생님은 벌써 사상적으로 한 걸음 앞섰었군요. 크로포트킨을 읽으신 걸 보면.

홍 나는 그때 사회주의니 뭐 그런 것은 몰랐었지요.

설 그때 일본 사상계의 동향은 어떠했습니까?

홍 사상은 뭐…… 내가 있는 동안에 카나마치金町 적기赤旗사건이니 그런 것이 있었고 야마구치 기조山口義三라는 주의자가 감옥에 들어갔다 나와서 환영받은 일이 있었고…… 마침 그때 일로日露 전쟁이 딱 끝났을 땐데 도쿠토미 로카德富蘆花가 러시아에 갔다와서 기행문을 발표해서 물의를 일으킨 일이 있었고 했었는데 그는 자연주의 작가로서 칭찬을 받았었지.

그때 내가 읽은 것 중에는 마야마 세이카眞山靑果도 있었어. 그때 주로 내 독서와 흥미는 러시아 작품들인데 번역된 것은 모조리 다 읽어보았지요.

암만해도 명랑하고 경쾌한 불란서 문학 같은 것보다는 침통하고 사색적인 러시아 작품이 내 기질에 맞아요. 거기에는 예술의 맛보다도 인생의 맛이 더 들어 있으니까.

설 그게 어느 때쯤 일입니까?

홍 명치 사십이 년쯤 일이지요. 한창 나쓰메 소세키夏目漱石가 등장할 때였지요. 그의 작품은 여유파라는 소리를 듣고 했지. 그 사람의 작품은 대개 새로운 도덕에 대한 탐구라고 할까 그런 거지요. 그가 그때는 동대 영문학 강사로 있었는데 대학이 재미없어서였는지 모르지마는 동경 아사히朝日신문에서 오라고 그랬는데 그 조건이라는 것은 작품을 쓰고 싶을 때에 자기 신문에 우선적으로 써달라는 거지. 해서 신문사로 갔지요. 《호도도기스》에 연재한 「나는 고양이다」가 문자대로 낙양의 지가를 높였기 때문에 신문사에서 초빙한 거지요. 그 후에 영국에 유학 갔고 그의 『문학론』 꼭대기에도 있지마는 하여간 일본 문학에 종전에 없던 신국면을 열었지요. 그때 대학 동료가 나쓰메더러 대학 교수로 있으면서 신문에 나가는 것은 수치라고 하니 나쓰메의 말이 "대학에 대해서는 수치일지 모르나 나에게는 영광이다."라고 했고 "그러면 다음에 박사학위를 얻을 생각은 말라."고 하니까 "나는 박사 같은 건 원치도 않는다."고 해서 더 인기가 굉장했지요. 하여간 그때의 일본 문단의 독보였지요.

설 자기 자신 문학에 있어서는 개인주의라고 아마 선언했지요.

홍 그래, 고집이 센 개인주의자지.

설 그때, 우에다 가즈토시上田萬年가 문부성에 시학관視學官인가 무언가로 있었지요.

홍 전문국장으로 있었지.

설 그 사람이 많이 이해해주었더군요. 런던에 갔을 때 미쳤다는 풍

	설이 있을 때 나쓰메를 추천한 게 우에다라는 얘기가 있더군요.
홍	미쳤다는 소리도 듣게 되었지. 하여간 재미있는 사람이지.
설	만나보셨습니까?
홍	가서 한번 찾아가고 싶은 생각도 있었지요. 나쓰메가 그때 우시
	고메에 있었는데 온통들 떠드니까―저 이원조가 나온 법정대
	학교수 누군가를―도요시마 요시오豊島與志雄라고 기억하는데―
	나쓰메를 찾아다니는 사람들 중에는 지금 내가 기억나는 문학
	자만 해도 너무들 많았고 또 너무들 그렇게 떠드니까 찾아가고
	싶은 생각이 없어지더군.
설	아까 러시아 작품을 많이 읽으셨다고 하셨는데 어떤 동기로 그
	방면에 특별한 관심을 가지셨던가요?
홍	러시아 작가라 해도 나는 톨스토이에 대해서는 불만이었지. 왜
	그런고 하니 그때는 『전쟁과 평화』, 『안나 카레리나』, 또 『부활』
	등은 번역되지 않았고 초기작 『코사크』, 『세바스토폴리』니 하는
	것들만 본 탓도 있겠지마는 이것들도 대개 설교에 가까운 것이
	고 해서 톨스토이는 재미없거든. 처음에 젊은 사람들이 보면 꼭
	어떤 노인이나 선생이 설교하는 것 같아서…… 그리고 도스토
	예프스키의 것으로는 『죄와 벌』과 『백치』가 번역되었는데 참 좋
	더군. 무슨 별 동기가 있나? 아까 말한 대로 내 기질에 맞으니
	까 읽었지. 나중에 보니까 톨스토이 전집, 도스토예프스키 전집
	이 번역되더구만.
설	다른 동학들의 경향은 어떠했습니까?
홍	대개 그때 가 있던 사람들은 역사니 정치니 하는 것을 했는데
	돈들이 없으니까 책도 잘 사보지 못하고 그래도 내가 나은 편이
	지. 우리 아버지가 25원씩 보내주셔서 다른 낭비는 안 하니까

책 사볼 여유가 비교적 많았고 또 따로 집에서 50원, 100원 타올 수도 있었으니깐.

설　중학교 끝내시고 어느 대학에 가셨습니까?

홍　그만이죠. 중학 졸업하자 일한합방이 나, 나는 중학교 졸업하고서 남방으로 갔지요.

설　문학은 꾸준히 버리시지 않으셨던가요.

홍　문학은 그만두었습니다. 도대체 공부하려는 마음이 꺾여졌지요. 그래 다시 중국으로 방랑하고 돌아다녔지만 그래도 가끔 좋은 책이 있으면 사보고 했지요. 지금 기억에 그때 문학 공부하는 사람들이 이론투쟁을 많이 한 것 같군. 와세다早稻田 대학 같은 데서는 미국 사람이 ― 이름은 잊었는데 ― 와서 문학이론을 가르치곤 했으니까.

순수 시비와 문학론

설　그때 선생님은 어떤 문학이론을 가지고 계셨습니까?

홍　무슨 이론이 있을 게 있나요.

설　문학이론에 관심을 가지고 있었더라는 것은 대단 흥미 있는 일이군요. 요즈음 우리 문단에서도 이론 문제는 늘 좋은 시비거리의 하나입니다. 한데 이론은 알기 쉬운 진리가 제일 좋을 것일 겐데, 아직 알기 힘든 이론을 하는 사람이 많습니다. 이를테면 순수문학이니 하는 것을 주장하는 사람이 있고.

홍　그런 사람이 있어요? 순수문학이니 무어니 하는 게 무슨 조선에서 문제가 될까요.

설　문제가 되니까 문제입니다.

홍　지금?

설	네.
홍	그것은 세계적으로 이미 해결된 문제인데, 아마 조선에는 조그마한 분파가 남았는 게로군. 뭐냐 오스카 와일드가 있을 때에나 문제될 것이지, 지금은 그런 소리 할 시대가 아니야. 그런 시대는 다 지나갔어. 지금은 조선문학이나 있을래면 있을 수 있지.
설	동감이올시다.
홍	말하자면 문학을 정치에 예속시켜서는 안 된다는 말이겠는데, 누가 문학을 정치에 예속시키겠다는 말을 하나? 예속 문제라야 말이지. 문학인들 시대를 어떻게 안 따라갈 수가 있을까? 소련 같은 전례를 보면 — 요새는 소련의 근래 작품을 구해 보지 못했지마는 — 거기에는 자연히 언뜻 보면 문학도 다 정치의 일부로 보이는 점이 있기도 한가보아. 그렇지마는 그것도 필연한 시대적 산물이지. 그런데 정치라는 것은 광범위로 해석한다면 문학하는 사람이 그것을 어떻게 떠날 수가 있을까? 말하자면 인생을 떠나서 문학이 있을 수 없는 것 모양으로 말이오.
설	아이들이 "난 살림살이는 모르겠다. 밥은 네가 지어라 나는 먹기만 하겠다" 하는 것과 같지요.
홍	문학은 문학을 통해서 도달하는 길이 있을 뿐이지, 살림살이를 떠나서야 있을 수 없겠지.
설	외는 거꾸로 먹어도 제 멋이라는 격으로 자기네 흥겨워하는 것을 따라가며 막는 것도 도로徒勞일지 모르나 그러기에 저는 문제를 쉽게 염치 문제로 돌리고 싶습니다. 이 남조선 사태를 직시하고 앉아서 제 집이 저도 모르는 사이에 두 번 세 번 저당으로 넘어가고 있는 줄도 모르고, 술을 부어가며 아름다운 꽃이여, 나비여 하며 음풍영월吟風詠月을 하고, 그것을 또 염려체艶

麗體*로 그려놓고만 앉아 있을 작정이라면 이건 단순히 염치가 있느냐 없느냐 하는 것으로 귀결을 짓기만 하여도 족할 줄 압니다. 그렇지도 않고 언족이식비言足而飾非**로 문학, 문화의 고고高孤 존엄을 운위하되 언필칭 대의명분을 찾는 것은 뜻은 좋되 웃음거리, 이야기마따나 금계랍***이 학질에 좋다고 과다하게 먹고 치명상을 입는 것이나 다를 게 없는 것인 줄 압니다. 물론 문학의 고고한 본연도 좋고, 글러도 내 민족 옳아도 내 민족이라는 따위 감상적 민족주의도 좋지만, 눈물겨운 것만으로 천하는 다스려지는 것은 아니겠지요. 제 마당 안만 깨끗하게 쓸어놓고 유연견남산悠然見南山****하는 것도 좋겠지만 바로 대문 밖에 골목마다 산더미 같은 쓰레기는 자비로운 외국인더러 쓸어달랄 작정인지. 그다음에 남아 있는 그들의 골패***** 쪽은 네가 한 술 떴으니 나는 두 술 떠야겠다는 치기만만한 고집, 복수 일테면 너희들이 말하는 민주주의 민족문화 이론이라는 것은 사실 그 뒤에 위험천만한 괴물이 숨어 있는 게니 불가근不可近이요, 또 너희놈들 엊그제 창씨하고 하던 놈들이 뭘 누구더러 친일파라고 하며, 팜플렛 쪽 몇 권 읽다 어느새 천하삼추天下三秋를 안다고 하느냐 하는 것인데. 이거야말로 소인의 심사요, 후후煦煦******한 것으로 인仁을 삼고 혈혈孑孑*******한 것으로 의義를 삼는 사람들, 소아小我를 고집

---

* 아름다운 문체.
** 말은 그릇된 것을 그럴듯하게 여기도록 만들 만큼 교묘함.
*** 염산키니네.
**** 도연명의 시구에 등장하는 말로 '유연히 남산을 본다'는 뜻. 인간 세상의 야심이나 욕심이 없이 자연과 동화되어 풍류를 즐기는 생활.
***** 구멍의 숫자와 모양에 따라 패를 맞추는 전통적인 놀이와 도박 도구.
****** 온정을 베푸는 것.
******* 우뚝하게 외로이 서 있음.

하고 아만我慢에 집착하는 것인 줄 압니다.

그네들의 말대로 하자면 팜플렛도 읽지 말고 가만히 앉아서 영원히 무지 무능한 게 제일 훌륭할 게고 가만히 앉아서 하늘에서 오는 영특한 신계神啓나 기다리는 것이 문학자의 최대 사명일 것입니다.

그러나저러나 개개인으로만 그러면 좋을 터인데 이러한 소심익익小心翼翼한 사상을 갖다가 민족이라는 데다가 견강부회하는 데는 독선주의라고만 무시할 수도 없습니다.

민족문화 수립이란 이렇게 먹고 싶으면 먹고 마시고 싶으면 마시고 토하고 싶으면 토하는 것의 축적으로 될 것이 아니라 좀더 일관한 고행으로 쌓아야 될 일종 취사선택이 어느 정도 엄밀해야 될 극기克己의 누적이 되어야 할 줄 아는데요.

민족문학 수립 문제

홍 대체 그렇습니다. 민족문학 내지 민족문화 수립이라는 것은 중대한 문제인데 나는 이렇게 생각합니다. 우리가 말하는 민족이라는 것은 가령 파시스트라든가 나치스라든가, 그들이 자기네 국가에서 생각하고 행동한 것과는 의미가 근본적으로 다르다고 생각합니다. 우리는 지금 우리 민족문학을 강요하는 것보다도 문학전통을 계승하는 데 치중해야 될 줄 압니다. 과거의 민족문화 중에서 좋은 것을 계승해야 되겠는데 여기에 대해서야 누가 반대할 사람이 있겠어요?

민족문학이라는 것을 어떤 사람들은 일종의 배타사상으로 자기 것만을 고집하는 것으로 아는 모양인데 이렇게 하여서야 나치스나 파시스트의 민족사상과 다른 것이 무엇이겠소?

설　민족문화 계승은 어떤 방법으로 하여야 되겠습니까?

홍　글쎄, 민족문화 계승을 어떻게 해야 옳겠는지 너무도 문제가 광범위하니까 곤란하고, 또 작게 범위를 좁히고 보면 가령 문학유산 하더라도 문학작품이 하도 빈약하니까.

설　역사에 통사, 정사가 우선 서야 되겠고, 그게 서자면 그 통사나 정사를 만드는 것을 뒷받침할 역사철학 방법론이 먼저 확립이 되어야 할 것과 마찬가지로 문화유산 계승 문제를 생각할 때에도 우선 근본적인 문화방법론이 서야 되지 않을까요?

홍　정사正史가 서야 되지요.

설　서야 될 텐데 가령 지금 남조선 문교 당국의 역사교육 방침이라고 할까, 방법을 보면 우선 홍익인간弘益人間을 경강經綱*으로 내세우는데, 역사라는 것이 저희 생각에는 우리가 모을 수 있는 모든 재료, 이를테면 정확한 기록, 금석문이라든가 발굴된 화석, 유골이라든가 하는 것을 오늘 과학지식을 동원시켜서 알 수 있는 때까지 귀납을 하여가지고 과학적인 실마리를 찾아내어야 될 것이 아닙니까. 그렇지 않고 김부식이나 사마천이 혼자 앉아 그야말로 '사삼궐문史三闕文'**까지 채워넣어가면서 되는 대로 만들어놓은 역사 같은 것을 되풀이하는 격으로, 아닌 밤에 홍두깨 내밀듯 홍익인간을 내어놓은 것은 새 신화를 위해서 만드는 것이라면 모르되 백지에 가까운 아이들 머리에 이런 사상을 넣어주는 것은 좀 어떨까 합니다.

홍　홍익인간이 무슨 해가 있나?

설　물론 그 말이나 뜻은 좋습니다. 그러나 문제는 그것이 연역해가

* 으뜸되는 규율.
** 궐문은 문장 가운데 빠진 글자나 글귀를 말함.

지고 오는 그 뒤의 것은 해가 대단한 것인 줄 믿습니다. 다시 바꾸어 말씀드리면 단군설화를 신화에까지만 그쳐두는 것은 좋지만—즉 서양 희랍신화의 제우스가 신화로 따로 끝이 나고 마는 것같이 생각한다면 모르겠지만 그렇지 않다면 역사는 전후에 동강이가 나버리고 마는 긴 삽화揷話에 지내지 못하고 말지 않을까요. 천조대신天照大神*하고 다를 것이 무엇인지 모르겠습니다. 찰스 디킨스라는 영국 작가가 아이들 보이 영국사**를 쓴 게 있는데 첫 꼭대기를 보면 "우리 조상은 원래 허리에 가죽을 감고 사냥해 먹고 살던 야번野蕃***이었다."라고 시작했습니다. 우리가 아이들에게 '실사구시實事求是'의 정신을 넣어주고 과학정신을 함양해주려면 이렇게 사실을 있는 대로 일러주는 것이 옳지 않을는지요.

홍 그러나 '홍익인간'이라는 도장을 새겨서 자꾸 찍어내어 놓는다고 그대로 듣나?

설 아니 지금 당장 사진을 찍어 팔기도 하지 않습니까?

홍 걱정할 게 없어요. 전설은 전설이고 역사는 역사니까 또 홍익인간이란 그 문구에 너무 구애할 것도 없지요.

설 구애할 건 없지요. 그러나 원래 그 사상은 불교적인 것인데 문자로만 본다면 대체 조선에 한자가 수입된 것이 고구려 소수림왕 때니 이런 문자를 후일의 사가가 제조하여서 단군신화에 맞추는 것은 견강부회니 이것도 학문상 태도로는 과학적이라고는 할 수 없지요.

---

* 일본 신화의 해의 여신.
** 디킨스의 『A Child's History of England』(1851~1853).
*** 야만인.

문화유산계승 문제

홍 아까 문화유산 계승 문제가 나왔지만 우리 문화유산이 통틀어 말하면 한문화漢文化 연장의 감이 불무不無하고 보니 사실 순우리 말로 된 문학유산이라는 것은 실로 한심한 것이지요. 그러나 앞으로 우리가 어떠한 문학을 창조하느냐 하는 문제가 과거의 유산을 계승하는 문제보다 더 큰 문제겠지요.

설 그러면 새로운 문학건설은 어떻게 하였으면 좋을까요? 이를테면 소설을 쓰려는 사람이 있을 경우에 그는 어떠한 창작태도를 취해야 될 것인가요?

홍 그것은 무어 그렇게 공식적으로 생각할 필요가 있을까?

설 그러나 기성 국가, 질서 잡힌 사회라면 문학과 같은 상층 정신 활동은 어느 정도 자유롭게 방임하여도 좋을는지 모르지마는 조선 같은 후진국가, 낙후사회에 있어서는 모든 것이 거의 초창 기에 처해 있는데 아무 정신적 예비가 없어 될까요?

홍 설정식이더러 말하라면 대번 문학가동맹을 들고 나오겠지.(소성 笑聲)

설 문학가동맹이 무얼 잘못한 것 있습니까.

홍 잘못이야 없지. 나도 동맹에는 관계도 깊고 또 아는 친구도 많지만 이제 이야기한 홍익인간이나 민족주의에 대하야 너무 반발하는 것 같은 점이 있는 것 아닐까.

설 동맹에서 그런 쓸데없는 반발을 하는 일은 없다고 생각합니다. 우리가 주장하는 것은 그야말로 진정한 민주주의 민족문학인데 이것을 위하야 봉건과 일제 잔재를 소탕하고 파쇼적인 국수주 의를 배격하여 민족문학을 건설함으로써 세계문학과 연결을 가 지려고 할 따름입니다.

홍　　그 잔재를 소탕한다는 것은 이론적으로는 좋소. 그러나 구체적으로 그 숙청肅淸이라는 것도 어떤 개인 개인이 문제될 때 그 기준을 어디다 세우느냐 하는 것은 어려운 문제이고 하니, 실천에 있어서는 너무 모를 내일 것이 아니라 그저 시간이 해결하여주는 것을 기다리는 것이 좋겠지요. 숙청될 것은 시간이 귀결 지을 것입니다. 앞으로 서로 좋은 작품을 쓰는 데 전력을 다하는 것이 문학건설하는 데 가장 중요한 일이겠지요. 주의나 개념이 앞서고 창작력이 빈약한 것은……

설　　물론 주의나 개념이 앞서는 것은 좋지 않지요. 그러나 새로운 생명을 북돋기 위해선 그 생명을 누르는 썩은 것을 시급히 없앨 필요가 있지 않을까요. 그저 시간이 해결해주기를 기다린다는 것은 윤리학이 아닐까요?

홍　　그렇다고 억지로 되는 것이 있나요. 예를 들면 일제시대 우리가 조선독립을 열망하는 사상을 숨기려고 애써가면서 작품을 써도 독립사상이 저절로 우러나와서 형상화가 잘되었는데 어떤 사람이 일부러 "나는 이렇게 독립사상을 가졌다"고 여보란 듯이 작품을 쓰면 그런 작품은 대개 십중팔구 실패야. 요새도 마찬가지겠지. 신문학을 말하는 사람들이 그것을 소설 형식이나 다른 형식으로 써서 내어놓으려고 하기 때문에 작품의 가치가 떨어지는 것이 아닐까요.

설　　말하자면 생각이 앞서고 역량이 그것을 따르지 못한다는 말씀이지요.

홍　　그 사상이 사상으로서는 다 좋지. 그러나 그 사상이 작자의 골육을 통해서 나오지 않은 사상이라면 창작이 될 수 없는 법이지요. 8·15 이후에 나온 작품은 많이 보지 못해 잘 모르지만 갑작

스레 공산주의자가 된 사람이 많다는 인상을 주어 정말 공산주의자가 되는 것은 좋지만 내가 공산주의자로라고 내세우는 것이 드러나는 작품을 남조(濫造)하는 작가는 못마땅해요. 그러나 그렇다고 해서 사성성이 없는 예술을 위한 예술이 옳다는 것은 아닙니다. 예술과 사상이 혼연한 일체가 된 작품을 만들기 위하여 한편 예술 하며 한편 사상 하는 것이 우리 문학가의 임무겠지요. 오스카 와일드 같은 예술지상주의자는 지금 있을 수 없는 일이지요.

설   와일드는 심지어 자연이 도리어 예술을 모방해야 된다고까지 하였지요.

홍   좋은 시대에 났었던들 나도 문학에 전심할 수 있었을 것을, 나라도 없는 놈이 어느 하가(何暇)에 문학을 골똘히 할 수도 없고 해서 못하고 말았는데 앞으로라도 사회가 제대로 바로 잡히면 나도 좋은 작품이나 하나 써보고 싶소.

설   진정하게 문학 하는 사람이 내남 간에 문학을 버릴 수야 있나요.

임꺽정 이야기

홍   참, 나는 그래도 문학 덕에 십여 년을 먹고 살았지요. 지금도 친구들이 그 『임꺽정전』을 어서 계속해서 쓰라고들 하지만 워낙 밥 얻어먹으려는 계획하에 전설 나부랭이를 모아다가 어떻게 꾸며놓은 것이니 무어 문학작품이라고 할 게 되어야지요. 작품이 "남이야 못생겼다고 해도 내 자식이니 귀엽다"고 하는 격으로 내 마음에나 귀여운 생각이 있어야 될 텐데 하도 불만하니까…….

설   자기에게 만족한 작품이라는 게 자고로 어디 많이 있었습니까?

　　　　지금 말씀이 생계로 『임꺽정』을 쓰셨다고 하지만 참으로 빚에
　　　　몰려가면서 총총하게 쓴 작품이 제일 좋다고 하더군요.

홍　　　하긴 나도 생활 문제나 기타 모든 문제가 해결되면 다시 작품
　　　　제작에 손을 대볼까도 합니다.

설　　　해결되겠지요. 이번에 완결되어서 나오는 『임꺽정전』은 저희가
　　　　크게 기대를 가지고 있습니다.

홍　　　『임꺽정전』은 사실 러시아 문학을 읽은 덕이지요.

설　　　그것 재미있는 말씀인데요.

홍　　　『임꺽정전』은 저 러시아 자연주의 작가 쿠프린의 『×××××
　　　　×』담譚이라는 것이 있지 않아요. 그게 장편소설인데 토막토막
　　　　끊어놓으면 모두 단편이란 말이야. 그러니까 이건 단편소설이
　　　　자 곧 장편소설로도 재미가 있단 말이야. 그래서 『임꺽정전』의
　　　　힌트를 얻었지요.

설　　　사실 저도 그런 것을 하나 구상 중입니다. 그런데 러시아 소설
　　　　을 원문으로 보셨는가요.

홍　　　웬걸, 번역으로 보았지요. 노어는 배우다 말았지요. 내 외국어
　　　　는 형편없지. 일본말이 그래도 제일 나았어. 그것은 잊어버릴려
　　　　도 안 잊어버려져.(소성)

설　　　그거 재미있는 말씀이올시다. 제 생각에는 타민족의 정복이 가
　　　　능하다면 문화 정복밖에 가능하지 않은 줄로 압니다. 그런 점으
　　　　로 우리가 우리도 모르는 사이에 정복까지는 몰라도 일본 문화
　　　　의 영향을 상당히 받았지요. 이야기가 딴 데로 갔습니다만 이번
　　　　에 새로 작품을 쓰신다면 어떤 것을 구상하고 계십니까?

홍　　　전부터 삼부작 하나를 써보려고 했습니다. 이것도 러시아 작품
　　　　을 읽고 생각한 건데 메레쥬코프스키의 삼부작 육의 세계, 영의

세계, 영육 합치를 가지고 쓴 소설 있지 않아요. 그런 것을 하나 써보고 싶은데 내야 물론 역량이 부족하니까 그렇게 큰 작품은 쓸 수 없겠지만 하여간 한번 쓰면 한국 끄트머리, 일제시대 그리고 새 조선이라는 테두리를 가지고 써보았으면 좋겠어요. 한국 끄트머리는 양반사회의 부패상, 이것은 내가 제일 누구보다도 자신이 있지요. 나 자신이 몸소 겪어보기도 했으니까. 그리고 일제시대 40년 동안 신음呻吟 시대의 모든 강압과 반항, 친일파의 준동을 테마로 하고 끄트머리로 새 조선을 하나 썼으면 좋겠는데……

지금 같아서는 다 꿈같은 얘기지요. 또 하나 쓰고 싶은 것은 이조 500년사를 소설로 그려보고 싶은데 이것을 단순하게 종래 역사소설같이 군주정치 중심의 산만한 기록으로만 하지 말고 좀 더 모든 사건의 배경, 조건, 시대상을 살려서 이를테면 어떠한 사건은 어떠한 사회적 조건 때문에 필연적으로 일어날 수밖에 없었다는 것을 한번 형상화해보고 싶습니다. 그리고 그 제목은 어떻게 할 게냐 하면 가령 개국開國 시대를 그린다면 '선죽교'라고 그것을 그냥 한 사건으로 취재를 해서 정몽주가 태조의 집에서 오는 길에 선죽교에서 맞아 죽었다 이렇게만 할 것이 아니라 그 죽게 된 원인을 좀 더 널리 그때의 사회적 인과관계에서 찾아보도록 하려는 겁니다. 역사를 역사대로만 해석해서야 무슨 재미가 있나요? 내가 어떻게 보고 어떻게 해석한다는 다른 점이 있어야지. 그렇지 않고 부연만 해놓는다면 『삼국지연의』나 무엇이 다른 것이 있겠소.

나더러 사육신 같은 것을 쓰라고 한다면 세조라는 이 입장에만 설 것이 아니라 그 밖에 서서 세조는 그렇게 해서 떨어질 수밖에 없었다는 점을 한번 밝혀보고 싶거든요.

설 작품 소재의 소이연所以然을 사회사적 견지에서 구상화시켜보시
겠다는 말씀이군요.

홍 사회사는 곧 역사니까.

설 그렇게 되면 그때에는 역사가가 도리어 문학작품을 역사 참고
재료로 쓰게끔 되는지 모르죠.

홍 그렇게 되는지도 모르죠. 이담에 그런 거 한번 시험해보시오.

설 저희 같은 역량으로야 할 수 있습니까? 역사도 잘 모르고 또 아
직 역사소설 써보고 싶은 생각도 별로 없고요. 제 어리석은 생
각엔 작가로서 역사소설을 시작하는 것은 의욕이나 소재가 고
갈되었을 때 일종 안이하게 도피하는 것 같더군요. 사실은 제가
지금 「해방」이라는 것을 쓰기 시작했는데 붓이 선선하게 나가
질 않습니다. 제2 해방이나 된 뒤에 쓰기 시작했으면 좋았을걸.
기왕 쓰기 시작하였으니 변두리만이라도 울려볼까는 합니다
만……

홍 그래요. 요전에 남천南天더러 「8·15」*는 아직 쓸 때가 아니니 쓰
지 않는 게 좋다고도 한 일이 있지만 사실 작가가 제3자의 위치
에 설 수 있는 여유가 아직 없고 지금 한 속에서 장차 어떻게 될
것도 모르고 휩쓸리면서 쓰기는 어려운 일이죠. 지금은 그저 노
트나 만들어놨다가 나중에 여유가 생긴 후에 쓰는 것이 좋겠지
요. 즉 말하자면 「8·15」는 요즘쯤 쓰기 시작해도 좋겠지. 너무
일찍 시작했어.

설 좋은 말씀입니다. 지금 조선문학의 질량을 어떻게 보십니까?

| * 김남천이 《자유신문》에 1945년 10월 15일부터 46년 5월까지 연재한 소설.

홍   작품들을 통관하면 대체로 정신적 준비가 결여된 것 같군요. 임화林和 시집 있지 않아요. 그런데 내 보기엔 그 사람 시는 해방 전 것이 해방 후 것보다 난 것 같애. 해방 후 것은 어딘지 모르게 저절로 우러나오는 것이 아니고 억지로 무엇을 보이기 위해서 만들어논 것 같단 말야.

설   글쎄요. 그럴까요? 선생님도 아직 순수론을 좀 지지하시는군요. 제 보기엔 임화란 친구가 해방 이후에 노래한 것이 직접 자기가 체험한 것을 즉음직영卽吟直詠한 것 같은데 어떻게 우리가 길거리 아우성을 못 들었다 하고 잉크 냄새 싱싱한 불길한 신문보도를 못 본 체할 수가 있을까요?

홍   그야 물론 방 안에 가만히 앉아 있을 수야 없지요. 뛰어나가는 것은 정당합니다. 또 뛰어나갈 수밖에 없고. 그러나 가두에 나가고 싶지 않을 때에는 나가지 않아도 좋겠지요. 요컨대 내 말은 '체'하는 게 안 되었다는 말이오.

설   혹 그런 건 좀 있을는지 모르죠. 하지만 그 '체'할 수밖에 없이 부득이한 문학자의 오뇌는 있어도 마땅하겠지요. 좋은 일이라면 좀 무리를 하여서라도 노력하는 것이 우리 의무가 아닐는지요.

홍   옳은 뜻으로 노력하는 것은 물론 좋으나, 그것이 기계적으로 되면 탈이죠.

설   그야 그렇죠.

홍   그러나저러나 임화가 그래도 조선서는 제일류 시인이겠죠.

설   물론 그렇습니다.

홍   박승걸朴勝杰 시집 읽어보셨소?

설   보았습니다.

홍   어때요. 그 사람이 내 친구의 아들인데 좋은 시인 되겠습디까?

설　　뼛속에 시가 있으면 자연 좋은 시인이 되겠지요.

앞으로 작가의 심적 태도는 어떠해야 하나

홍　　나도 그 서문에 "골리무시 막음시骨裏無詩 莫吟詩"*라고 했지. 그런
　　　데 참, 좀 토론을 해봤으면 좋겠지만 워낙 설정식 씨는 주의가
　　　다르고 사상이 다르니까 이야기가 돼야지.

설　　천만에 말씀이올시다. 저는 문학도이지 무슨 주의자가 아닙니다.

홍　　주의자 말이 났으니 말이지 나더러 누가 글을 쓰라면 한번 쓰려
　　　고도 했지만, 8·15 이전에 내가 공산주의자가 못 된 것은 내 양
　　　심 문제였고 공산주의가 무엇인지도 모르면서야 공산당원이 될
　　　수가 있나요. 그것은 창피해서 할 수 없는 일이지. 그런데 8·15
　　　이후에는 또 반감이 생겨서 공산당원이 못 돼요.

　　　그래서 우리는 공산당원 되기는 영 틀렸소. 그러니까 공산주의
　　　자가 나 같은 사람을 보면 구식이라고 또 완고하다고 나무라겠
　　　지만 그래도 내가 비교적 이해를 가지는 편이죠. 그러나 요컨대
　　　우리의 주의 주장의 표준은 그가 혁명가적 양심과 민족적 양심
　　　을 가졌는가 안 가졌는가 하는 것으로 귀정지을 수밖에 없지.

설　　간단히 말하면 숫자를 따져서 그 양심 소재를 밝혀볼 수도 있지
　　　않을까요? 아닌 말로 칸트가 『실천이성비판』에서 "너의 격률格
　　　律이 동시에 제삼자의 격률이 될 수 있는 것을 가지고 행동을 하
　　　라"고 한 그것이 오늘날 와서는 민족적 양심에 해당한다면 설혹
　　　내 개인이 간직한 양심이 있다고 하더라도 절대 다수의 양심이
　　　숫자적으로 절대일 때에는 조그마한 내 개인의 양심 같은 것은

---

　* '뼛속에 시가 없으면 시를 읊는 것이 아니다'라는 뜻.

버리는 것이 옳지 않을까요.

홍　그렇다고 개인의 양심이 무조건 하고 다수자의 양심에 추종해서는 안 되겠지. 우리는 원래 역사적으로 압박과 굴욕을 받아온 까닭에 무의식중에 우리에게는 굴종하는 정신적 습관이 형성되어 있습니다.

이것은 또 딴 이야기지만 『정감록』이 조선에 있는 이유가 무언고 하니 일종의 굴종사상의 표시인데, 한마디로 하면 모든 압박 비운은 운명 소치로 무가내하無可奈何*라 내 집 식구나 보존하고 편한 곳이나 찾아볼 수밖에 없다 하는 패배주의가 골수에 배었거든요. 그러니까 이 점을 우리가 맹성猛省하고 교정해야죠. 미국 사람들이 우리를 비현실적 이상주의자라고 하는데 정치도 별거 없이 현실인 바에 현실을 차근차근히 구명하는 게 우리 도리지요. 최후의 승리는 사실뿐이니까. 문학이나 정치나 간에……

설　그 말씀을 한걸음 더 제가 부연한다면 사실을 사실화하기 위하여서는 절대로 문학은 시류에 굴종을 하여서는 안 되겠다는 말씀이 되지 않을까요?

홍　그렇지요. 그러기에 나는 문학작품에 반항정신이 풍만한 것을 높이 평가합니다. 반항정신이 있는 사람이라면 그 작품엔 반드시 그런 무엇이 들어 있고 따라서 가치 있는 작품이 될 것입니다.

설　우리들 지금 처지에서는 동감이올시다.

홍　그렇다고 덮어놓고 기개만 보이는 일이 있어서는 안 되겠지요.

설　무병신음無病呻吟**이란 문학에서 제일 타기唾棄 받을 정신이니

---

* 몹시 고집을 부려 어찌할 수가 없음.
** '병도 아닌데 괴로워 앓는 소리를 낸다'는 뜻.

까요.

홍   그리고 또 한 가지. 이것은 문학의 윤리성이라고나 할까. 어쨌든 문학이란 결국 언어를 구상화具象化할 수 있는 능력이 있는 사람들이 하는 노릇인데 언어의 선택이란 상당히 중요하다고 보는데 이것을 등한시하는 경향이 있을 뿐 외싸, 심지어 욕설 같은 것을 함부로 벌여놓는 일이 있는데 이것은 아까 염치 문제라고 했지만 이야말로 문학의 체면 문제라고 생각합니다.

설   그야 물론 삼가야지요. 비극의 요령이, 나는 울지 않고 관객을 울리는 것에 있다는 것을 다 아는 사람들이 쓸데없는 욕설을 퍼부어 효과를 죽여서는 안 될 거요. 또 죽이는 사람이 있다면 아직 문학수업이 미숙한 탓이겠지요.

홍   인텔리는 대체로 자기 속이 깨끗하니까 세상도 제 속만 같은 줄 알고 방언放言을 삼가지 않는 수가 많지 않은가? 그러나 저러나 인텔리겐차라는 것이 조선 같은 데서는 아직도 그 맡은 구실이 많은 거요. 다른 선진 제국諸國에서는 지금 인텔리가 그리 대단한 구실을 하고 있다고 말할 수 없는데…….
인텔리겐차의 운명은 봉건사상이나 자본주의가 멸망하는 것과 같이 망하고 마는 것이 아닐까요. 그러나 조선 같은 후진 사회에서는 아직도 인텔리는 중책을 가지고 있는 줄 압니다.

설   그렇습니다. 그러나 만일 인텔리겐차의 특성을 정신 기술의 일종 권위화된 것으로 생각한다면, 서구에서는 인텔리겐차가 몰락할 수밖에 없는 운명에 있다는 것은 글쎄 보는 관점에 달렸겠지만 차라리 서구에서의 인텔리겐차라는 것은 분화가 극도로 된 것에 정비례하여서 그 권위화되었던 것이 희박하게 되고 분산된 것이 오늘의 현상이 아닐까 합니다. 만일 인텔리겐차를 일종의 정신적 귀족으로 본다면 그야 물론 자본주의와 함께 몰락하고 말 것이겠지요. 그러나 장래될 사회에 있어서도 지적 기술의 소유는 역시 편재偏在할 수밖에 없지 않을까요. 조선 같은 낙후 사회에서는 인텔리겐차층은 아직도 성숙하여가는 도정에 있다고 봅니다. 따라서 그들의 사회구성상 위치라는 것은 가장 특수하며 그들의 끼치는 공헌이라는 것은 산술로 따질 수 없으리만큼 큰 것이라고 봅니다. 미국같이 자본주의가 극도로 발달하여 노동분화가 고도에 달한 국가에서 만일 제가 '학생운동'이라는 말을 한다면 전혀 무슨 소린지 못 알아들을 것입니다.

그러나 조선이나 중국 같은 데서는 '학생운동'이라는 것이 곧 사회운동의 일익을 부담하고 있는 것이 사실인 것만 보더라도 인텔리겐차라는 정신 기술의 축적 부대는 비록 행동성을 결여하고 있다고는 하더라도 어떤 때는 행동 이상의 것을 다하고도 있다고 생각합니다.

기자 여러 가지로 고마운 말씀을 많이 들려주셔서 감사합니다.

—《신세대》 23호. 1948. 5.

분노의 노래와
예술가의 비극적 운명

_곽명숙

1. 해방 이전의 발자취

설정식薛貞植은 1912년 9월 19일 함경남도 단천의 선비 가문에서 출생하였다. 그의 부친 설태희薛泰熙(1875~1940)는 개신 유학자로 일제강점기 조선물산장려운동을 전개한 바 있으며 『임꺽정』의 저자 홍명희와도 친분이 있었다. 설정식은 4남 1녀 중 3남으로 태어났다. 둘째 형인 설의식(1901~1954)은 손기정 선수의 일장기말소사건으로 동아일보 편집국장직을 물러난 언론인이었다. 설정식의 굴곡진 삶은 지사적 기질이 강한 집안의 내력으로부터 이어진 듯하다.

설정식이 여덟 살 되던 해 그의 집안은 서울 계동으로 이주한다. 그곳에서 1921년부터 1927년까지 서울의 교동공립보통학교를 다녔는데, 보통학교 3학년이던 1923년 훗날 아동 문학가가 된 윤석중 등과 '꽃밭사'라는 독서회를 만들기도 했다. 보통학교를 졸업한 후 경성 공립농업학교에 진학했지만 그의 학업은 순탄하게 진행되지 못한다. 1929년 11월 광주학생사건에 가담했다는 이유로 퇴학을 당한다. 학업을 계속하기 위해 만주 봉천으로 가서 중국 요녕성 제3고급중학교를 다녔지만 1931년 7월 한인과 중국 농민이 충돌한 만보산사건으로 북경으로 피신하였다가 귀국하게 된다. 이러한 이력들에서 볼 수 있듯이 일찌감치 그가 민족의 현실 문제에 눈을 떴을 것으로 짐작이 된다.

국내에 돌아온 1932년 1월 《중앙일보》 현상모집에 중국 체류 경험을 바탕으로 한 희곡 〈중국은 어디로〉가 1등에 당선된다. 같은 해 3월 《동광》지에서 주최한 학생작품경기대회에서 시 「거리에서 들려주는 노래」가 3등으로, 4월에 「새 그릇에 담은 노래」가 1등으로 입선한다. 설정식은 여기에 청년학관靑年學館이라는 신분으로 양정고보, 오산고보, 숭실중학 등의 학생들과 여러 부문에서 경합을 벌였다. 그는 3차에서는 논문 1등을, 4차에서는 시 1등을 차지한다. 이것이 계기가 되어 그해 《동광》과 《신동아》에 시를, 그리고 《조선일보》에는 단편소설 「단발」을 발표하며 여러 장르에서 기량을 발휘한다.

1932년 4월 설정식은 지금 연세대학교의 전신인 연희전문학교에 입학한다. 기독 계열 학교라서 다소 자유로운 분위기였던 그곳에서 그는 성경과 미국 문학에 심취하는 한편, 아나키스트인 이영진 등과 교제하며 크로포트킨의 『빵과 착취』 등을 탐독하고 아나키즘에 경도되기도 하였다. 학업 성적도 우수하여 1933년 연희전문 내에서 스물한 명의 우수 학생에게 주는 장학금을 받고 문과 1학년생으로서 특대생이 된다. 그러나 1935년 4월 병을 이유로 휴학한 후, 어떤 연유였는지 같은 달 일본 메지로상업학교에 편입하여 1936년 3월에 졸업하고 귀국한다.

1936년에서 1937년에 걸쳐 설정식에게는 안팎으로 큰 변화가 일어난다. 우선은 가정을 꾸리게 된다. 1936년 3월 26일 함경북도 명천 출신의 김증연과 혼례를 올린다. 그녀는 숙명여학교 출신으로 설정식보다 두 살 아래였다. 그는 결혼 이듬해에 장남을 얻은 이후로 슬하에 3남 1녀의 자녀를 두게 된다. 학업 면에서도 그해 4월 연희전문의 4학년생으로 복학한 설정식은 그 이듬해 문과 우등으로 학업을 마친다. 1937년 9월 미국 마운트유니언 대학에 입학한 그는 영문학을 전공하고 1939년 6월에 학사 졸업을 한다. 이어서 뉴욕의 컬럼비아 대학에서 2년간 셰익스피어를 공부하고 돌아온다. 컬럼비아 대학에서는 연구생이었던 것으로 짐작된다. 정확한 귀국 날짜는 알 수 없으나, 1940년 4월 7일자 신문에 뉴욕 한인음악구락부가 조직되었음을 알리며 보도된 회원 명단에 그의 이름이 나온 것으로 보아 4월 이후 귀국했을 것으로 추측된다.

귀국 이유는 부친의 건강 문제였던 것으로 보이는데 귀국한 후 그는 별달리 하는 일 없이 가족이 운영하던 광산과 농장일 등을 돌보며 독서에 몰두한다. 전시동원 체제라 경제적으로나 문화적으로 무력하게 보낼 수밖에 없었다. 저술을 출판할 기회는 전혀 없었고 미국 유학 경력도 별다른 도움이 되지 못했을 것이다. 1941년 12월 7일 일제의 진주만 공격을 기화로 태평양전쟁이 발발하면서 일본과 미국의 관계가 악화되었고, 지식계에서는 근대초극론과 같은 쿄토 학파의 담론이 주류를 차지하고 있었기 때문이다. 설정식이 가진 비판적인 현실인식과 민주주의의 경험도 일본에 협력하는 길을 받아들이기 어려웠을 것이다. 그는 1941년 《인문평론》이 폐간되기 전 미국 문학과 관련해 헤밍웨이의 소설 번역과 토마스 울프에 관한 비평을 각각 한 편씩 기고한 후 해방이 되기 전까지 침묵을 지킨다.

2. 해방 이후의 활동과 비극적 죽음

해방 후 설정식은 유창한 영어 실력 덕분에 미 군정청 공보처 여론국장이라는 좋은 입지에 설 수 있었다. 북에서 나온 판결문에 의하면 그가 미 군정청과 관계를 맺게 된 것은 1945년 11월에 《동아일보》 복간 문제가 계기가 되어 대학 은사의 소개에 의한 것이라고 한다. 이미 등단한 바가 있기에 문인들과의 교류가 없지 않았을 그는 1946년 조선문학가동맹에 가담하게 되고 임화를 통해 그해 9월 조선공산당에 입당한다. 조선문학가동맹에서 외국문학부 위원으로 시작한 그는 조선문학가동맹 서울지부 문학대중화운동위원회 위원으로 각종 군중대회에서 시낭송을 하는 등 활발한 활동을 전개한다.

표면적으로는 상반되는 듯한 위치였으나 오히려 그는 미 군정청의 관리로 있으면서 미군에 의한 신탁통치가 민족의 현실적 문제들의 대안이 될 수 없다는 신념을 굳히게 된 듯하다. 1947년 그는 여론국장에서 입법의원 부비서장으로 전출되었으나 8월에 사임하고 만다. 입법의원은 미소공동위원회 회담이 공전하면서 미 군정청에 의해 세워진 과도적인 입법기구였으나 실질적인 권한은 아무것도 없었다고 할 수 있다. 해방이 되었지만 주권을 제대로 행사할 수 없다는 무력감이 설정식에게는 피부로 다가왔을 것이고, 민주주의의 대표격인 미국에서 유학했던 그로서는 이상과 현실의 괴리에서 오는 반감도 컸던 것으로 보인다.

혼탁한 해방정국 속에서 실천적 문학가로서의 면모를 견지하면서 그는 1946년부터 1948년까지 시와 소설 창작의 양적인 면에서 독보적인 폭발력을 보여주었다. 소설의 경우, 1946년 장편소설 「청춘」과 단편소설 「프란씨쓰 두쎗」을 신문에 연재하고, 1948년에 단편소설 「척사 제조자」, 「한 화가의 최후」를 발표했으며 장편소설 「해방」은 연재하다 중단한다. 이러한 활동 까닭에 그해 10월 《문장》 속간호가 발행될 때 그는 소설부 추천위원이 되기도 한다. 시에 있어서도 1946년부터 꾸준한 작품 발표와 더불어 2년 사이에 시집을 세 권이나 출간하는 기염을 토한다. 1947년에 제1시집 『종』, 1948년에 제2시집 『포도』와 제3시집 『제신의 분노』를 차례로 낸다. 『제신의 분노』는 문단의 주목을 받으며 시인으로서의 입지를 굳히는 시집이 된다.

1948년에는 영자신문《서울타임스》의 주필 겸 편집국장이 되어 언론인으로서의 행보도 보이지만 곧 사임하고 만다. 1949년 7월 유엔한국위원단 출입기자 수명이 사찰기관에 체포될 때 일부 기자가 연류되어 조사를 받고 주필인 최영식이 체포되면서《서울타임스》는 폐간된다. 설정식도『제신의 분노』가 판금 처분되고 그에 대한 체포령이 내려 보도연맹에 가입하게 된다. 보도연맹은 제주 4·3사건, 여순 14연대 반란사건 등을 수습하는 과정에서 좌익계 인물들을 전향시켜 별도로 관리하려는 목적에서 조직된 단체였다. 보도연맹에 가입한 그는 연맹의 기관지인《애국자》에 「붉은 군대는 물러가라」라는 반공시를 발표하기도 하고 강연에 나선다. 그러나 북의 재판 과정에서 진술한 바로는 사상적 경향은 변함이 없었기에, 미 제국주의를 비판하려는 의도에서 그해 12월 소설 「한류」와 「난류」를 창작했다고 한다. 이 소설은 아직 확인된 바 없다. 설정식의 전기적 사실을 거의 유일하게 증언해주고 있는 헝가리의 언론인이자 소설가 티보 머레이의 노트에는 이 시기 3부작으로 기획한 소설 중 제1부를 출판하고 제2부를 신문에 연재하기 시작했을 때 정부로부터 게재중지 명령을 받았다고 술회한 것으로 기록되어 있다. 이후 전반적인 사상 탄압의 분위기를 피해 설정식은 번역에 몰두하여 1949년 셰익스피어의 『햄릿』을 한국어로 최초로 완역한『하므렛』을 간행한다.

1950년 인민군에 의해 서울이 함락되자 문학가동맹에 다시 가입하지만 임화의 보증에도 불구하고 북한은 그를 '자수' 형식으로 9월 인민군에 자원입대시키고 문화훈련국에서 근무토록 한다. 해방 이후 지칠 줄 모르고 달려온 피로의 누적인지 전쟁의 와중에 건강을 해친 것인지, 그해 12월 그의 심장은 발작을 일으킨다. 그는 북한에 헝가리의 지원으로 세워진 병원으로 보내져 곧 건강을 회복할 수 있었다. 이때 투병 의지를 북돋아주기 위해 의료진이 그에게 글쓰기를 재개할 것을 권유하여 헝가리 병원의 정경을 읊은 400행에 이르는 장시를 탈고했다고 한다.

건강을 회복한 설정식은 1951년 7월 개성 휴전회담 때 인민군대표단의 통역관으로 참가한다. 한 신문 기사에서는 소좌 계급을 달고 나타난 그의 인상이 초췌했다고 전하고 있는데 투병으로 몸이 쇠약해진 탓도 있었던 듯하다. 이때 종군기자로 개성에 와 있던 티보 머레이와 친분을 나누게 된다. 그의 도움으로 설정식이 병원에서 쓴 원고는 1952년 12월 『우정의 서사시』라는 제목으로 부다페스트에서 출간된다. 이 원고는 중국 언론사 소속의 다른 외국 기자 두 명의 도움을 받아 영역된 후 헝가리어로 번역될 수 있었다. 티보 머레이는 그 시에 대해 "형용사를 능란하게 활용하고 다채로운 이미지의 회화적 묘사를 통해 시적 아름다움을 구현했다는 평가를 받았다. 그러나 유감스럽게도, 한편으로는 지나치리만큼 직설적이고 정치적이었다는 사실을 부인할 수 없다."고 말한다.

1953년 7월 27일 재개된 휴전협정 때 설정식의 모습은 다시 나타나지 않았다. 1953년 3월부터 불기 시작한 남로당계의 숙청 바람에 휘말렸기 때문이다. 3월 5일 밤 임화, 조일명, 이강국, 이승엽 등 일곱 명이 붙잡히고, 이어 이원조, 설정식 등 서른여 명의 카프 출신 인사들이 체포된다. 북한 최고재판소 군사재판부는 남로당 출신 열두 명에 대해 "조선민주주의 인민공화국 정권 전복음모와 반국가적 간첩 테러 및 선전선동행위"를 했다는 혐의로 7월 30일에 기소하여 8월 3일부터 재판을 벌였다. 최후진술에서 설정식은 가장 마지막에 등장했다. 결국 8월 6일 오후 늦게 설정식을 포함한 이승엽, 조일명, 임화 등 열 명에게 사형과 전재산 몰수가 언도된다. 이강국과 조일명 등에 대한 처벌은 1955년 박헌영의 재판 때까지 집행되지 않았지만, 임화와 설정식 등은 언도 직후에 처형되었을 것으로 보고 있다. 임화는 마흔다섯, 설정식은 마흔둘의 나이였다. 그들은 남로당계의 월북 문인으로서 스스로 찾아간 이념의 고향에서

'미제 스파이'로 몰려 처형당하고 마는 한국 근대 문학의 비극적 풍운아
였다.

설정식을 알았던 사람들은 대부분 그가 천재였다고 회고한다. 해방
이후 그가 본격적으로 문학 활동을 한 시기는 4년여에 불과했지만 해방
기의 누구와도 비교할 수 없을 정도로 왕성한 활동을 펼쳤다. 그는 60여
편의 시와 세 권의 시집을 남긴 시인이며, 한 권의 장편소설을 포함해 다
수의 소설을 쓴 소설가이자, 『햄릿』을 최초로 번역한 영문 번역자였다.
또한 미 군정청의 관리와 조선문학가동맹의 맹원이라는 양면의 모습을
동시에 보여주었다. 한국 문학사에서 이만큼 다채로운 이력과 문제적인
모습을 보인 인물도 드물 것이다. 그는 두 개의 이념과 체제 속에서 누구
보다 뜨거운 변신과 선택을 거듭하며 해방과 분단의 한가운데를 관통해
갔던 것이다.

3. 자전적 소설의 양상과 예술가적 양심

해방 이전 1932년에 설정식은 《조선일보》에 단편소설 「단발」을 발표
한 바 있지만, 그것은 장편掌篇이라 할 수 있는 짧은 글로서 소설적 형식
이나 완성도를 운운하기에는 너무도 소품이었다. 다만 봉건적 구습에 얽
매이지 않으려는 그의 의식을 찾아볼 수 있다는 정도의 의의를 가질 뿐
이다. 해방 이후 설정식이 《한성일보》에 1946년 5월 3일부터 10월 16일
까지 연재했던 「청춘」이 그의 본격적인 소설의 시발점에 해당하는 작품
이라 할 수 있다. 「청춘」은 '만보산사건 이후'라는 제목의 첫 장으로 시
작하여 초반에는 매일 실렸지만 차츰 지면도 줄고 삽화도 생략되며 10월
까지 드문드문 실린다. 이 소설은 결말을 맺지 않고 연재는 중단되었지

만 1949년 단행본으로 출간된다. 설정식은 자전적이고 고백적인 요소가 많은 이 작품에 나름 애착을 가지고 있어 시집을 출간할 때 후반부에 이 작품의 일부인 「빛을 잃고 그 드높은 언덕을」(『종』), 「범람하는 너희들의 세대」(『포도』)를 수록하기도 하였다. 이 글들은 산문이지만 서정적인 요소가 강한 부분이었다.

> '변동, 지긋지긋한 변동. 철이 나서는 몸 약한 것이 원수이던 긴 여름 해. 해 해 어머니가 학생 치기하시던, 누이와 연필 한 토막을 끊어 나눠 쓰던 오전을 애껴서 아니 없어서, 천식 든 부친이 긴 구리개 종로 박석고개를 넘어와서 흘리던 땀과 비지도 끓여 먹으면서 다니던 학교에서는 쫓겨나서, 차디찬 유치장 긴 밤이 얼음이 녹을 때까지 계속되던, 견디기 어려운 뼈마디 겨우 굵어서 떠나간 해도 달도 없는 것 같은 만주에서 오줌을 누면 금시 얼어붙도록 살을 베이는 바람 속에 나가 냉수를 뒤집어쓰며 맷돌 갈듯 갈아보았던 학문의—참 철환의 말마따나 존엄과 냉혹도 그놈에 망한 조선놈들의 비열한 꼴도 보기 싫고 돈 많은 중국 학생놈들의 곁눈질도 아니꼬아 옛다 기왕 내드던 김에 깊숙이 더 들어가나보자고 떠나서, 벌써 더운 여름철에 이맘내 나는—아 또 무슨 변동을 기다린단 말일까.
>
> —「청춘」 일부

위의 인용 부분에서 살펴볼 수 있듯이 「청춘」은 설정식의 학업 경로와 내적인 갈등을 추적할 수 있는 단서를 제공한다는 점에서 더 큰 의의를 찾을 수 있을 듯하다. 작가의 처지와 유사하게, 주인공 박두수는 광주학생운동 때문에 국내에서 학업을 중단하고 중국 봉천으로 유학을 간 식민지 조선의 청년이다. 일본의 간계에 의해 일어난 만보산사건으로 한인과 중국인 간의 갈등이 심해지자 천진의 대학으로 편입하려 한다. 거기

310

서 마중 나온 친구인 박철환과 미모의 여학생 신기숙을 만나는데 이 세 인물이 작품의 중심인물이 된다. 박철환은 볼셰비키이며 테러리스트로 학업을 버리고 이후 독립운동의 비밀 지령에 따라 서울에 나타났다가 체포된다. 이 과정에서 박두수의 누이는 김철환과 동지적 사랑을 키우게 된다. 주인공인 박두수는 중국 유학에 실패하고 아버지의 사망으로 귀국한다. 시집에 재수록된 「범람하는 너희들의 세대」는 바로 부친의 무덤 앞에서 구시대의 관습과 가치관의 종말 앞에 결별을 고하는 독백의 부분이다. 한편 부유한 의사의 외동딸인 신기숙은 두수에 대한 사랑으로 서울에 오고 가벼움을 벗어나 삶의 무게를 알아가게 된다. 그러나 정작 박두수는 숨 막히는 서울을 떠나 동경 유학을 떠난다.

식민지 조선에서 젊은이들이 떠안게 된 시대적 고민과 고뇌가 이 작품의 주제라 할 수 있다. 이 작품은 중국 유학의 동기라든가 또 다른 유학의 결심 등 여러 사건과 배경면에서 작가의 자전적인 체험에서 우러난 구체성을 엿볼 수 있다. 그러나 소설은 전반적으로 주인공의 사상적 태도와 인물들의 내면을 그리는 데 치중하고 있는데, 주인공이 작가 자신을 대변하고 있기 때문이다. 소설의 전지적 작가 시점은 주인공의 행동과 사상을 상대화시키지 못하고 감정의 분출에 복무하고 있다. 시집에 재록된 부분인, 「빛을 잃고 그 드높은 언덕을」에 나오는 두 남녀의 격정적인 애정 심리를 두서 없는 대화조로 풀어내는 장면이나, 「범람하는 너희들의 세대」에서 선친의 봉분 앞에서 새로운 세대로서의 출발을 자각하며 슬픔도 기쁨도 아닌 정서적 혼란과 결의의 상태를 읊조리는 등의 대목이 등장하는 것은 그러한 까닭이다.

작가의 자전적 요소를 대변하고 있는 주인공은 같은 해 12월 《동아일보》에 연재한 단편소설 「프란씨쓰 두셋」에서도 나타난다. 「청춘」과 「프란씨쓰 두셋」은 여러 모로 설정식의 인생 내력을 드러내는 한편 그가 어떠한 사상적 입지에 서게 되었는가를 보여주는 자전적 소설이다. 미 군 정청의 관리라는 위치에 있지만 민족의 편을 따를 수밖에 없는 혈연의 우위성, 민족의 필연성에 대한 고백인 것이다. 그의 소설에 볼셰비키를 비롯해 지식인 주인공의 사상적 고뇌와 내면에 대한 사변적인 탐구가 중심에 놓여 있음과 동시에 다른 한 축으로 육체와 관능성에 대한 갈증어린 묘사가 병행되고 있음은 눈여겨볼 필요가 있다. 소설의 형상화 차원에서 보이는 이러한 이원성은 설정식의 삶의 이력에서 볼 수 있는 이원성에 상응한다고 할 것이다.

주인공 박두수는 미국 브로드웨이에 있는 대학 도서관에서 마주친 백인 여성 프란씨쓰 두셋과 함께 윌리엄 블레이크의 시를 논하면서 미묘한 감정을 갖게 된다. 고향에 있는 옥희를 생각하지만 음울한 도시에서 느끼는 외로움과 워싱턴 스퀘어의 매음녀들에게서 받는 충동은 그녀에게 끌리는 욕정을 키운다. 그러던 어느 날 용기를 내어 그녀의 방으로 찾아가지만 그냥 되돌아오고 만다. 그의 채식주의에 대해 용기 없음이라고 하는 프란씨쓰의 말을 부정하고 싶지만, 그녀가 그의 자취방으로 찾아왔을 때 그는 역시 그녀를 품을 수 없었다.

프란씨쓰의 잿빛 눈동자는 여전히 죽은 생선같이 히멀거했다. '죽은 살덩어리를 안았구나―.' 그러나 내 살 속에 피는 염치없이 아직도 더운 여자의 고동을 알려고 하였다. '수족관 속에 너울거리는 인어, 도저히 도저히 같이 흐를 수 없는 이 피, 마네킨―수많은 미국 여자의 역시 하나, 천리 만리 멀리 떨어져서 멀리 고향 서울 추운 겨울에도 따뜻한 아랫목에서 돌아앉는 옥희에게 아무짝 없는 편지만 쓰고 있어서 무얼 할 겐가―.'

나는 일어나 앉았다. 쩨즈 소리가 여전히 들려오고 자동차 지나가는 소리가 간단없이 들렸다. 프란씨쓰는 한동안 그냥 누워 있다가 한숨을 지으며 일어났다. 탈진한 사람의 한숨소리였다. 역시 자기네들의 씌워진 오랜 관습의 율법에서 벗어져 나올 수가 없었다는 것을 고백하는 한숨같이 들렸다. 말로나 사상으로는 이해할 수 있어도 역시 피로는 알 수 없는 먼 땅에서 성장한 육체 속으로 들어간다는 것은 도저히 생각할 수 없다는 것을 깨달은 한숨이었다.

—「프란씨쓰 두셋」 일부

이 소설에서 주인공은 오랜 관습의 율법에서 벗어날 수 없는, 넘을 수 없는 인종과 민족의 장벽을 확인하게 된다. 머리와 사상이 이해할 수 있는 길과 피와 육체로 알 수 있는 길이 다르다는 것을 항변하는 주인공은 작가 자신이라고 보아도 크게 틀리지 않을 것이다. 이것은 그에게 미국 유학 체험이 어떤 성질의 것이었는지를 알려준다. 서양의 학문과 사상을 익히더라도 몸으로 받아들일 수 없는 일종의 한계에 대한 고백이자, 그의 미국 체험과 인식이 가진 피상성을 드러낸 것이다. 해방정국에서 새삼스럽게 미국 유학 체험을 소설화한 것은 작가 자신이 '민족'의 길을 택하게 된 내적 동기를 재구성해보고자 한 의도였던 것으로 보인다. 그러한 선택과 전환의 의지를 선명하게 보여주는 작품이 「한 화가의 최후」이다.

「한 화가의 최후」는 1948년 4월 조선문학가동맹의 기관지 《문학》에 실린 단편소설이다. 같은 해 그는 1월에 「척사(윷놀이) 제조자」를 《민성》에 발표하고, 《서울타임스》에서 발행한 잡지 《신세대》에 장편소설 「해방」을 1월부터 연재하다가 5월에 중단한다. 「해방」은 8·15 해방 이후 친일파의 청산, 반민특위 등의 문제를 둘러싸고 구세대와 신세대 간의 입장 차이를 그리며, 주인공이 후자의 길에서 출발하게 된다는 내용으로 전개되다가 중단된다. 「해방」을 연재하던 중인 4월 발표한 단편소설이

「한 화가의 최후」이다.

이 소설의 배경은 중일전쟁 중의 미국이다. 식민지 조선 청년인 '나'는 재미 일본인 2세 화가인 하야시의 아틀리에에서 소련에 저항하다 망명한 폴란드 작가의 혈육이 되는 화가 쩨롬스키를 만나고 그에게 호기심을 갖는다. 하야시는 아나키스트이지만 현실과 적절히 타협하며 현실적 수완을 발휘하지만, 쩨롬스키는 화가들에 대한 실업 구제책마저 거부하며 작가적 양심을 지키고자 한다. 그런 쩨롬스키를 두고 하야시는 "양심은 있지만 사상은 없는 예술가"라고 한다. 폴란드 작가의 사실적인 소설 작품에 큰 감명을 받았던 주인공의 기대와 달리 화가 쩨롬스키의 작품은 초현실주의나 다다이즘에 가까운 것이라 이해하기 어려웠던 것이라 실망한다. 결국 쩨롬스키는 기대하던 작품인 〈구원〉이 전람회에서 추천을 받지 못하자 자살하고 만다.

이 소설은 그 구성과 서술 면에서 꽤 세련된 서구 소설을 닮아 있는데, 소설의 초반 주인공은 쩨롬스키의 인상과 목소리에서 받은 그러한 불운에 대한 인상, 자신의 인생조차 구원하지 못하는 예술가의 몰락에 대한 어떤 예감을 그리려고 애쓴다. 다른 한편으로 일본군이 중국군에게 패배하여 수만 명이 몰살당했음에도 불구하고 중국인 전재민 구호금을 내고 그 바자회에 참석하는 일본인 2세 하야시에 대한 미묘한 감정을 드러낸다. "내게는 우선 사슬에서 풀린 조국이 있어야 하겠다."는 자신의 처지가 비교되기 때문이다.

자본주의 사회에서 예술가의 양심을 끝까지 지키고자 했던 쩨롬스키의 자살은 작가 설정식의 예술관을 보여주는 상징적인 결말이라고 할 수 있다. 굶어죽을지언정 자본주의의 농락에 무릎 꿇지 않겠다는 예술가적 양심을 가지고 있다 하더라도 그것은 어떠한 희망을 가질 수 없고 자기 자신조차 구원할 힘이 없음을 말하는 것이다. 한때 작가 자신이 매혹되었을 현대 예술들과, 자기만족에 머무르는 개인적 양심과 결별을 선언하는 것이다. 임화를 비롯한 조선문학가동맹의 작가들이 북으로 떠나버린 서울에서《서울타임스》의 주필이 되고, 조선문학가동맹의 기관지《문학》을 펴내는 설정식의 내면에 다졌던 결의의 표명이었던 셈이다.

설정식의 소설에 대해서는 김윤식의 연구 이후 더 진척된 바가 없다. 그의 시에 대한 연구가 학위논문으로도 몇 편 나온 것에 비하면 그의 소설에 대한 연구가 없는 것은 아쉽게 느껴진다. 설정식의 소설들은 그가 사상적으로 지지했던 조선문학가동맹의 일반적인 리얼리즘적 창작방법과는 거리가 있다. 계급적으로 전형적인 인물보다는 작가의 투영이라 할 수 있는 지식인이 주로 등장하고, 사건에 대한 리얼리즘적 묘사보다는 내면의 진술이 사건의 서술을 압도하기 때문이다. 그의 소설은 자의식 과잉의 주인공과 파편적인 사건의 연쇄에 기대고 있는 서구적인 모더니즘 소설에 가깝다. 이러한 특징들은 설정식의 이념적 행보만을 가지고 그의 소설들을 운동으로서의 문학이나 혁명적 도구로서의 문학만으로 치부하기 어렵게 한다. 그의 소설은 지식인 소설 내지 예술가 소설에 가까우며, 1930년대 중후반 조선이라는 지역을 벗어난 배경과 사건들은 우리 소설사에 이채로운 대목이라 할 것이다. 그의 소설이 띠고 있는 역사성은 작가적 관점에서 그의 방황과 선택에 작용했던 한국 현대사와 결부되어 있다. 설정식은 자전적 체험을 민족의 운명과 결부되어 있는 것으로 보았으며 그것을 소설을 통해 민족사로 승화시키길 바랐던 것이다.

4. 시에 나타난 비판적 현실인식과 역사의식

해방 후 시 분야에서 설정식이 보여준 창작의 양은 단연 돋보인다.

『종』(백양당, 1947년 1월), 『포도』(정음사, 1948년 1월), 『제신의 분노』(신학사, 1948년 11월) 등 세 권의 시집을 잇달아 출간하였고, 몇 편의 시론도 발표하여 자신의 시적 경향에 대해 표명하기도 하였다. 이런 점에서 해방기의 대표적인 시인으로 규정되어도 손색이 없을 것이지만, 그의 정치적 행적으로 인해 문인으로서의 면모가 가려졌었고, 소설 창작을 병행했던 관계로 그의 시 작품들이 크게 주목받지 못하였다. 그의 시세계는 해방 이전의 초기 습작기 단계와 해방 이후 출간한 각 시집에 따른 세 단계로 나누어볼 수 있다.

초기 습작 단계는 대체로 단순하면서 소박한 경향을 보이는데, 첫 시집 『종』에 수록하였지만 창작연도를 1930년대로 밝힘으로써 습작기 작품임을 알린 「묘지」, 「샘물」, 「가을」, 「시」 등이 여기에 속한다.

바람 속에
굴레가 그리운
말대가리 하나

언덕 아래로 아래로
들국화는 누구의 꽃들이냐

긴 이야기는
무슨 사연

오래 오래
갈대는 서로 의지하자
　　　　　　—「가을」

위 시에서는 소박한 서정성도 느껴지고 자연친화적인 태도도 보인다. 아직 습작기의 형태를 벗어나지 않고 있으나 화법이 안정되어 있고 시적 형상화도 어느 정도 이루어져 있다. 그런 점에서 시인 자신도 만족하게 여겨 여타의 시들과는 이질적이지만 시집에 함께 묶은 듯하다. 시집에 수록되지 않은 1932년 작품인 「물 깃는 저녁」도 전원적인 풍광과 아련한 서정성을 소박한 육체적 감각과 더불어 빚어내는 솜씨를 보여주고 있다.

그러나 그가 문단에 나오게 된 계기였던 《동광》의 작품을 보면 1930년대 카프 계열의 영향을 느낄 수 있다. 3등으로 실린 「거리에서 들려주는 노래」는 아우를 향해 강한 어조로 독려하는 목소리가 등장한다.

> 일어나라 일어나라 일어나!
> 냉큼 서거라 서라 동생아!
> 이 불쌍한 어린것아 두 다리가 부러졌느냐
> 어서 바삐 형이 일깨울 때 번득 일어나거라
> 그래서 그 널조각에 전선電線 토막 대인 병신病身 썰매를
> 앉아서 뭉갤 때 밀던 쇠꼬챙이와 함께 내어 던지고
> 내 고함에 발맞춰 두 다리 쭉 벗고 가슴 벌리고
> 얼음 깔린 강판 위를 내달아라.
>
> ─「거리에서 들려주는 노래」 일부

위의 시는 임화의 단편서사시 계열과 같이 시적 화자와 청자라는 구도와 대화체라는 특징을 갖고 있다. 동무와의 대화가 삽입된 액자 형식의 본문은 아직 서사성이 약하고 형상화의 힘도 부족한 것을 볼 수 있다. 갱생과 자활을 다짐하는 굳은 어조와 내용에서는 현실과 대결하고자 하

는 태도가 느껴지지만 그 인식면에서는 학생 수준의 추상성을 벗어나지 못하고 있다. 그러나 1등으로 당선된 시 「새 그릇에 담은 노래」에는 가난한 농민이 겪는 구체적인 정황을 그리는 데 있어서 압축성과 형상성이 가미되고 현실적인 구체성을 갖고 있다.

아버지 기침이 성해질
겨울이 오고
덧문 닫힌 방 안에 국화 시드네.
◇
경매 당할 터인데 두어서 무엇하리
아가시 짜르다가
가시 찔렸네.
◇
빈대피 묻은
헌 신문 초단 기사는
융무당隆武堂 헐린 소식이러라.
◇
수리조합水利組合 또랑 난다고
밤마다 모이면
근심하던 농부들과 섞이던 여름.
　　　　　　　　　—「새 그릇에 담은 노래」 일부

위의 시는 가난한 농민들의 시름과 근심을 절제된 묘사 속에 그려내면서 일제에 의해 훼손된 경복궁의 '융무당 헐린 소식'과 같은 역사적 사건도 병치의 형식을 빌어 효과적으로 삽입하고 있다. 시의 전반적인 구성이 다소 거칠긴 하지만 계절적인 시간의 흐름을 따르고 있다는 점도 눈에 띈다. 이처럼 설정식의 역사의식과 현실에 대한 관심은 이미 습작기의 작품에서 충분히 확인할 수 있다.

해방 이후 본격적으로 문인 단체 활동을 전개하며 1947년 출간한 제1시집『종』에는 습작기의 네 편을 포함한 스물여덟 편의 시편들과 소설「청춘」의 일부가 수록되어 있다. 설정식은 그의 이력과 소설에서도 볼 수 있듯이 항상 지식인으로서의 사명을 자각하고 그 길에 서고자 했던 인물이었다. 해방을 맞는 설정식의 현실인식은 부정적인 것에 가까웠다. 많은 시인들이 노래한 해방의 기쁨도 잠시였고 그는 그 뒤에 드리워진 어둠의 그림자를 투시하고 있었다. "곡식이 익어도 익어도 쓸데없는 땅"(「태양 없는 땅」), "아 해방이 되었다 하는데 / 하늘은 왜 저다지 흐릴까"(「원향」)라고 근심하며, "무서운 희롱이로다 / 누가 와서 벌여놓은 노름판이냐"(「단조」)라고 미소 강대국 사이에서 혼란스러운 해방정국을 우려하고 있다. 「우화」에서는 향략적 자본과 외세에 의해 '소리개'의 자유와 '비둘기'의 해방은 그 그림자마저 사라질 판이라고 풍자한다. 그는 해방의 기쁨에 단순히 도취되지 않고 당시의 이념 갈등과 분열의 정세를 누구보다 비판적으로 바라보며 이념적 선택을 준비하고 있었던 것이다.

첫 시집에는 이처럼 부정적인 현실을 걱정하면서 현실적 고난의 극복을 위한 민족의 희망과 의지에 대한 노래를 담고 있는데, 그 중심적인 상징으로 등장하는 것이 '종'과 '해바라기'이다.

> 자유는 그림자보다는 크드뇨
> 그것은 영원히 역사의 유실물遺失物이드뇨
> 한 아름 공허여
> 아 우리는 무엇을 어루만지느뇨

그러나 무거이 드리운 인종忍從이어

동혈洞穴보다 깊은 네 의지 속에

민족의 감내堪耐를 살게 하라

그리고 모든 요란한 법을 거부하라

내 간 뒤에도 민족은 있으리니

스스로 울리는 자유를 기다리라

그러나 내 간 뒤에도 신음은 들리리니

네 파루破漏를 소리 없이 치라

— 「종」 일부

좌파와 우파, 민족주의파와 친일파 등으로 사분오열되어 있던 해방 공간의 현실은 꿈에 그리던 해방과는 거리가 먼 것이었다. 시인은 '모든 요란한 법'을 거부하고 민족의 인내와 의지로 '자유'를 기다리고 있다. 이러한 염원을 집약하고 있는 것이 '종'이다. 종은 민족적인 '인종'의 표상이며 민족적 염원의 실현에 대한 증거가 될 것이다. 시인은 "내 간 뒤에도 민족은 있으리니"라고 하여 민족을 절대적인 위치에 놓고 어떤 희생도 감내하고자 한다.

이와 함께 첫 시집에 수록된 '해바라기'는 시인이 창조해낸 또 다른 상징이다. 「해바라기 1」에서 해바라기는 태양과 동일한 의미 계열로서 낡은 것, 비겁한 것, 남루한 것을 태워버리고 새 역사의 초석을 세울 수 있는 힘, 정화의 상징으로 나타난다. 그러나 일반적으로 밝음과 생명력의 근원을 뜻하는 태양이 '해바라기' 연작 속에서 그 상징적 의미가 바뀌면서 가혹한 현실의 세력을 뜻하게 된다.

해바라기는 호을로
너희들의 타락을 거부하였다

모든 꽃이 아름다운 십자가에 속은 날
모든 열매가 여지없이 유린을 당한 날
그들이 모다 원죄로 돌아간 날

무도無道한 태양이
인간 위에 군림하고
인간은 또 인간 위에 개가凱歌를 부르고
이기려든 멍에냐 어깨마저 꺼져도

해바라기는 호을로
태양에 필적하였다
—「해바라기 3」

위의 시에서 '무도한' 태양이 모든 꽃과 열매를 속이고 유린하여 인간 위에 군림하는 것이 되어버리자 해바라기는 태양에 맞선다. 꽃과 열매가 본래 간직하고 있었던 믿음과 소망, 인간다움, 이러한 미래를 지키기 위해 해바라기는 타락을 거부한다는 것이다. 태양이 원형적 상징으로 갖고 있는 생명력이나 재생의 의미와 달리, 해방을 상징하는 8월의 태양이 그 '무도'한 열기로 만물을 소진케 할 수 있음을 시인은 인식한다. 그와 동시에 해바라기는 그러한 현실에 맞서 새 역사를 창조할 수 있는 의지의 표상이 된다. 즉 해바라기는 인간성의 보존이라는 휴머니즘적 가치를 지키려는 소명의식을 가진 존재인 것이다.

제2시집 『포도』에는 1947년도에 창작된 「헌사」, 「태양도 천심에 머물러」, 「포도」, 「송가」 등 시 16편과 소설 「청춘」의 일부가 실려 있다. 이 시집에는 '해바라기'로 표상되었던 자유에 대한 갈망과 영웅에 대한 대망론이 보다 구체적인 현실 비판과 투쟁으로 강화된다. 일제의 수탈정책으로 유랑민이 되어야 했던 200만 전재민들에 대한 방치, 귀속재산의 불공평한 처리 등과 같은 미군정의 실정을 비판하거나 좌익진영의 토지와 적산의 무상분배 같은 정치적 이슈들이 등장하기도 한다. 미 군정청의 고위관리와 언론인이기도 했기에 그러한 현실적 문제들에 밀착하여 정부의 부패와 사회적 불의를 강하게 비판한다.

"자비로운 아배의 집에서 하루아침/ 나는 억울한 도적이 되었소"(「상망」)나 "주검을 끌어안고 / 노래하는 땅이여 / 노래하며 또 호곡號哭하지 않을 수 없는 나라여"(「송가」)라고 시인은 분개하며, 현실에 대한 날카로운 비판의 표적을 미국으로 옮겨간다. 그가 소련을 '해방군'이라고 인식한 흔적은 없지만 미국을 '점령군'이며 제국주의 파시스트로 비판한다. 어쩌면 그가 미국 유학 체험과 미 군정청의 고위관리까지 지냈기에, 그 이상과 현실의 괴리에서 깊은 환멸과 배신감을 느꼈던 듯하다. 그는 미군의 통치에도 불구하고 농민과 노동자들이 전과 다름없이 비참한 생활을 하고 있고, 해방 이후 귀국하는 전쟁 이재민들에 대한 아무런 방안을 내놓지 않은 현실에 분개한다. 티보 머레이에게 설정식은 미국이 자신들의 땅을 군사기지로 삼는 것 이상의 관심이 없다는 데 대해 실망하여 공산당의 지하조직에 참가하게 되었다고 술회했다.

어데 어데를 가도
'자유' 그 말에 방불彷彿한 토지를
파씨쓰타의 무리여

너희들 까닭에 나는

휘트맨의 곁에 가차이 설 수 없고

또 이날에도

찬가로써 하지 못하고

두 폭 넓은 비단 청보靑褓에 '원망'을 싸는도다

　　　　　　—「제국의 제국을 도모하는 자」 일부

이 시는 미국독립기념일에 부쳐 쓴 시로 자유와 민주주의의 값진 승리를 축하하여야 마땅하겠지만, 시인은 민중시인 휘트맨의 나라를 찬양할 수 없다고 말한다. 자본주의의 금권과 제국주의로 인한 부패와 착취를 '원망'하고 배격하기 때문이다.

제1시집의 '해바라기'와 마찬가지로 제2시집의 '포도' 역시 개인적 상징의 시어이다. 시인은 악화되어가는 좌우 대립 속에서 벌어지는 테러, 체포, 구금 등을 비판하며 당시의 정세를 「음우」, 「임우」 등의 시에서 궂은 장마에 비유한다. 그리고 "산천이 의구依舊한들 미숙한 포도葡萄 / 오늘밤에 과연 안전할까"(「무심」)에서 보듯 백색테러가 횡행하는 속에서 깨어지기 쉬운 위태로운 존재를 '포도'로 상징한다. 그러나 단지 '미숙한 포도'에 머물지 않고, 현실에 대해 분개하는 '노한 포도'를 통해 진보적 청년의 영혼과 육체를 상징하려 했다.

현실에 대한 날선 비판정신을 갖게 된 설정식의 목소리는 더욱 분노와 격정을 담게 된다. 현실 변혁을 향한 그의 열정은 같은 해 나온 제3시집『제신의 분노』에 수록된 열한 편의 시에서 더욱 고양되어 혁명적 낭만주의의 색채를 띠며 어조는 예언자적 목소리를 닮아간다. 이 시집에는 시에 대한 단상격인 「FRAGMENTS」를 수록하고 있는데, 그는 말미에 "내가 제작하는 시가 인민 최대 다수의 공유물이 되게 하자."라고 적어놓고 있다. 그는 "시의 의상을 희생"하더라도 "시의 육체"를 남기기 위해 사실 자체에 돌입하겠다는 의지를 천명한다.

우선적으로 그가 시의 육체로 삼은 것은 분노를 일으키는 현실이었다. 그의 분노가 향한 것은 반민족적인 외세였다. 그는 과거 일본 제국주의의 만행(「조사」, 「진혼곡」)과 그 잔재(「신문이 커졌다」)를 고발한다.

> 일본 제국주의는 서른하고 또 여섯 해
> 무게 나가는 대추와 사과와
> 하다못해 도토리 열매와
> 저 착하게 엎드린 푸른 드을을
> 어질게 밀고 나온 모든 곡식의 씨앗과
> 우리들의 살이나 다름없는 쌀과 보리를 앗아가기 위하여 그리고
> 감지 못하고 선생같이 세상 떠난
> 원혼들의 검은 눈동자나 다름없이
> 깊이 덮이운 좁쌀같이 깔깔한
> 조선 사람의 흙 속에 감초인
> 무게 나가는 구리와 은과 금을 캐어가기 위하여
> 하다못해 짚오라기 칡넝쿨 머리털
> 피마자마자 훑어가기 위하여
> 저놈들은 신의주新義州 석하石下 백마白馬로 부산釜山 한끝
> 마지막 조선땅에 부술기를 구을려
> 아 우리 또 하나 다른 심장을 마련케 하여 울리고
> 우리들의 가슴이 두터우면
> 굵은 총알로써 하고
> 여윈 어깨면 여린 칼날을 들어 저미고

한애비를 가두어 아비로 하여금 손자를 잡게 하여

손으로 丁丁을기 마소같이 하여

대동아전쟁大東亞戰爭이라는 초열지옥에 잡아가고

—「조사」 일부

위 시는 일본 제국주의가 우리 민족을 대동아전쟁의 희생양으로 삼고 온갖 군사적 경제적 수탈로 유린하였음을 고발한다. 이것은 일제의 과거를 회고하려는 목적에 그치지 않고 민족적 과제의 실현을 가로막고 있는 제국주의에 대해 경계하려 한 것이라고 할 수 있다.

「제신의 분노」는 현실에 대한 분노와 민족의 장래에 대한 의지를 예언자적 어조를 통해 드러낸 설정식의 대표작이다. 이 작품에서 우리 민족은 메시아사상으로 무장된 이스라엘 민족과 동일시된다. 예언자는 민족에게 신의 도움과 구제를 약속하거나 신의 징벌을 경고한다. 이 때문에 이러한 메시지는 정치와 밀접한 관계를 가질 수밖에 없다. 이 시에서는 좌우익의 대결을 두고 구약성서를 인용하여 동생의 목에 칼을 대는 '가자'의 무리들로 비유한다.

이스라엘의 처녀는 넘어졌도다.

넘어진 사람은 다시 일어나지 못하리니

조국의 저버림을 받은 아름다운 사람이여

더러운 조국에 이제 그대를 일으킬 사람이 없도다

—『구약』「아모스」 5장 2절

하늘에

소리 있어

선지자 예레미야로 하여금 써 기록하였으되
유대왕 제데키아 십 년
네브카드레자―자리에 오르자
이방 바빌론 군대는 바야흐로
예루살렘을 포위하니
이는 이스라엘의 기둥이 썩고
그 인민이 의롭지 못한 까닭이요
그들이 저희의 지도자를 옥에 가둔 소치라
　　　　　　　　　　―「제신의 분노」 일부

　위의 시에서 볼 수 있듯이 설정식은 아무것도 초월할 수 없는 가장 절대적 관념으로서 민족의식을 형상화하고 성경을 빌어 민족적 양심의 절대적 명령을 신의 목소리에 담고 있다. 이를 통해 민족국가의 수립이라는 과제와 결부된 해방공간의 분위기와 그에 따른 시인의 사명감을 노래하고 있는 것이다. 그가 기독교적인 알레고리를 빌려올 수밖에 없었던 것은 좌익에 대해 옥죄어오는 탄압과 테러를 의식했던 것 때문으로 보인다.

　네 어찌 무슨 낯으로 저 흔하고 흔한
　총알을 혼자서만 두려워하랴

　가자
　가자 이렇게 푸르고 또 뜨겁게 하며
　꿀과 노래로 청춘과 총알 사이로 가자
　뻐근하게 살아갈 보람도 있는
　삶을 조상弔喪하며 또 꿀범벅 피범벅

붉은 아가웨 열매를 삼키면서

남조선으로 가자

                          ―「붉은 아가웨 열매를」 일부

   위의 시는 당시 조선문학가동맹의 문학노선인 '혁명적 낭만주의'라고 부를 수 있는 특징을 보여준다. 미래의 꿈에 대한 확고한 전망, 그것을 위한 투쟁의 열기와 신념이 낭만적인 시정으로 형상화되고 있기 때문이다. 꿈과 노래, 청춘과 총알로 뒤범벅된 혁명은 붉은 아가웨 열매처럼 달콤한 환상이고 낭만이었던 것이다. 여기에서 민족은 혁명적 낭만성의 최고의 이상으로 격상된다. 현실적 위협을 앞에 두고 투쟁하는 인민의 위대함과 불굴의 신념을 낭만적으로 형상화하고자 했던 것이다.

   시집『제신의 분노』이후 발표된 시들로는「만주국」,「새해에 바치는 노래」, 그리고 보도연맹 기관지인《애국자》에 발표된「붉은 군대는 물러가라」 등 세 편으로 알려져 있다. 이 가운데『제신의 분노』에 뒤이은 설정식의 시적 기획을 어렴풋이 가늠할 수 있게 하는 작품이「만주국」이다. 1948년 10월《신천지》에 발표된 이 작품의 부제에 붙은 "서시序詩"라는 말로 미루어보아 장편 서사시의 일환으로 창작했던 것으로 보인다. 이 서사시의 배경은 제목에도 나와 있듯이 일제에 의해 만들어진 괴뢰국 만주국이다. 시간적인 배경은 만주사변이 일어나게 된 1931년 9월로 거슬러간 것이다.

        동경東京 제국주의자帝國主義者들은 사냥개보다 사나운

        미친개로 하여금 의회議會의 문을 닫게 하고

        미친개보다 더 미친

        관동關東 군국주의자軍國主義者들은 주인도 모르는 사이

벌써 죄罪 없는 양羊의 넙적다리를 물었으니
이제로부터 사천오백만 석石 피가 흐르게 마련이다.

이민족異民族 사천오백만 석의 피로
일로日露 전비戰費 이십억 투자投資 십칠억이라는 것을 회수하기 위하여
미친개보다 더 미친 살인 기술자들은
위선爲先 제 살을 물어뜯어
남의 이빨이 긴 탓이라고 에워쳐
만주사변滿洲事變이라 일렀으니.

때는 일천구백삼십일 년 구월 십팔일 밤 열 시
제 영토領土건만
함부로 가까이 하지 못하는 남만주南滿洲 철도鐵道
고단한 중국 별
빛을 투기는 푸른 귀화鬼火 총총한
유조구柳條溝 화차참火車站에서 이백 미터를 걸어가는
사냥개들의 그림자가 있자
지는 다이나마이트는
심양성瀋陽城 속에
늙은 사람들의 꿈자리를 사납게 하였다.
　　　　　　　　　　　　　　　　—「만주국」 일부

　설정식은 이미 『제신의 분노』에 수록된 「진혼곡」에서 동경 대지진 학살 사건을 원보와 순이라는 인물을 내세워 단형이지만 서사시적인 양식과 유사하게 시도한 바 있었다. 그러나 위의 시에서는 특정한 인물이 등

장하지 않고 '동경 제국주의자'와 '관동 군국주의자'라고 만주사변을 일으킨 주체들을 개념적으로 진술하고 사건의 정황을 묘사하기보다는 해설하는 데 그치고 있다. 일종의 '서시'로서 시간과 공간의 배경에 대한 해설을 의도한 것인지, 혹은 시적 형상화의 여유가 없었던 것인지 이 작품은 서사시보다는 서술시에 가까워 보인다. 그러나 「만주국」은 설정식의 원체험의 자리에 '중국 유학 체험'이 자리잡고 있음을 입증한다. 1932년 귀국 후 첫 작품이었던 희곡 〈중국은 어디로〉와 첫 소설 「청춘」의 출발이 중국의 만보산사건이었듯이 설정식에게 역사의식을 각성시켰던 공간은 중국이었던 것이다. 그에 비하면 미국 체험은 몸으로 체득할 수 없는 신기루와 같은 것, 결국 타자만을 확인하고 돌아오게 된 회귀점이었던 것이다. 반면 중국을 통해서는 조선의 실상을 밑바닥까지 확인하였고 군사적 · 정치적 · 민족적 이해관계를 온몸으로 살육과 비극의 현장에서 절감할 수 있었던 것이다. 그는 이 원체험으로 돌아가 자신이 헤쳐나온 역사를 그려내는 기획을 가졌던 것으로 짐작된다. 이것마저 불가능해졌을 때 그는 창작을 중단하고 번역의 세계로 도피하게 되었던 것이다.

5. 증언으로서의 문학

설정식의 소설과 시는 시대의 격랑 속에 몸을 싣고 쓴 작품들이라 때론 몹시 거칠고 관념적이기도 하다. 더구나 그의 시는 난해한 한자어들과 요령부득의 방언이 산재하고 문법이 파괴된 형태도 자주 눈에 띄어 쉽게 읽히지 않는다. 동서고금을 종횡하는 그의 지적 교양과 문학적 배경은 『논어』와 『장자』 등의 한문으로 된 전고들은 물론 동서양의 우화와 신화 등을 현학적으로 펼쳐놓기도 한다. 이러한 난해함과 관념성은 그가 강조했던 인민성이나 대중성과 관련해서는 비난받을 소지가 충분히 있다. 그러나 프로시뿐만 아니라 한국 서정시에 낯선 이러한 주지적 특질은 현대시의 관점에서 새롭게 해석될 여지가 있을 것이다. 그는 서정 시인이 아니라 실천적인 지식인이자 예술가의 길을 선택했기 때문이다. 그는 홍명희와의 대담에서 자신은 '문학도이지 무슨 주의자가 아니'라고 말했다. 그러한 그가 파국을 맞게 된 것은, 지식인으로서 "너의 격률이 동시에 제삼자의 격률이 될 수 있는 것을 가지고 행동"하기 위해 따랐던 조선의 운명이 비극적이었기 때문이었다.

이방의 군대인 미국과 자본주의에 반대하며 인민 민주주의를 신봉했던 설정식의 이력이 미제의 간첩혐의로 반전되어 북한에서 형장의 이슬로 사라지게 된 것은 역사의 아이러니라고 하지 않을 수 없다. 르네 지라르가 말한 초석적 폭력을 국가에 대해서도 말할 수 있다면, 설정식을 포함한 남로당은 이미 또 하나의 점령군인 소련이 세우려던 북쪽의 체제를 위한 희생양이었다. 민족을 위해 인민 주권을 위한 이데올로기의 길을 선택했지만 그 희망과 기대는 미래의 폭력을 볼 수 없었던 역사적 개인의 한계로 인해 배신당하고 말았다. 문학이 정치에 복무하고 예속됨으로써 예술가 자신과 예술 작품이 어떠한 파국을 맞을 수 있는지에 대해 설정식의 삶과 문학은 하나의 증언이 될 것이다.

1912년 9월 19일(음력 8월 9일) 함경남도 단천에서 개신 유학자인 설태희薛泰熙
의 4남 1녀 중 3남으로 태어남. 호는 오원梧園, 하향何鄕.

1919년 서울로 이주함. 소학교 시절 계동으로 이주함.

1921년 4월 경성 교동공립보통학교를 다님. 윤석중 등과 '꽃밭사'라는 독서회를
만들어 동인활동을 함.

1927년 3월 교동공립보통학교를 졸업하고 4월 경성 공립농업학교에 입학함.

1929년 11월 광주학생사건에 가담했다는 이유로 12월 농업학교 퇴학.

1930년 학업을 계속하기 위해 만주 봉천으로 감. 8월부터 중국 요녕성 제3고급중
학교에서 공부함.

1931년 2월 3학년 수업을 마치고 7월 만보산사건으로 북경으로 피신하여 잠시
머물다 귀국함.

1932년 1월 《중앙일보》 현상모집에 희곡 〈중국은 어디로〉가 1등으로 당선됨. 3월
시 「거리에서 들려주는 노래」가 《동광》지 학생문예에 3등으로 입선함.
4월 《동광》에서 주최한 학생작품경기대회에서 청년학관 학생 신분으로
출전하여 논문과 시 「새 그릇에 담은 노래」가 1등으로 뽑힘. 4월 13일 연
희전문학교 문과에 입학함. 학적부에 별과가 본과로 수정된 표기가 있음.

1933년 1학년 때 성적이 우수하여 연희전문 장학금 수령자 스물한 명 가운데 포
함되어 특대생이 됨.

1935년 4월 병으로 휴학한 후 4월부터 일본 메지로日白상업학교에 편입하여 다님.

1936년 3월 메지로상업학교를 졸업하고 귀국. 3월 26일 함경북도 명천 출신으로
숙명여학교를 나온 두 살 아래의 김증연金曾蓮과 결혼. 이후 3남 1녀를 낳
음. 4월 연희전문 4학년 복학.

1937년 연희전문학교 문과를 우등으로 졸업하고 7월 26일 미국으로 유학길에 오
름. 9월 14일을 입학 일자로 미국 오하이오 주 마운트유니언 대학Mount
Union College에서 영문학을 전공함. 학적부에는 감리교 신자로 기록되어
있음.

1939년 6월 13일 마운트유니언 대학 문학사를 졸업함. 뉴욕 컬럼비아 대학에서

연구생으로 2년간 셰익스피어를 전공함.

1940년 4월 7일 뉴욕에서 조직된 한인 음악구락부의 회원으로 소개됨. 부친이 위독하다는 소식에 귀국하지만 일자리가 없어 가족이 운영하는 광산 등을 돌보며 독서 생활에 몰두함.

1941년 헤밍웨이 단편 「불패자」를 번역하여 《인문평론》 1월호에 발표함. 「토머스 울프에 관한 노트」를 《인문평론》 2월호에 발표함.

1946년 4월 조선문학가동맹 외국문학부 위원, 8월 조선문학가동맹 서울지부 문학대중화운동위원회 위원을 지내며 여러 군중대회에서 시낭독을 함. 9월 조선공산당 입당. 10월 미 군정청 공보부 기구가 개혁되면서 여론국장이 됨. 자전적 소설인 「청춘」을 《한성일보》에 「프란씨쓰 두셋」을 《동아일보》에 연재함.

1947년 미군정이 구성한 과도입법의원이 1946년 12월 12일에 개원함에 따라 여론국장에서 전출되어 입법의원 부비서장이 됨. 8월 조선문학가동맹 외국문학부위원장으로 활동. 4월 제1시집 『종』 발간.

1948년 4월 영문 일간지 《서울타임스》 주필 겸 편집국장에 취임. 오래 가지 않아 사임함. 10월 《문장》 속간호가 발행될 때 소설부 추천위원이 됨. 1월에 제2시집 『포도』, 11월에 제3시집 『제신의 분노』를 출간함. 단편소설 「한 화가의 최후」, 장편소설 「해방」 발표함.

1949년 『제신의 분노』가 판금 처분되고 체포령이 내려 '보도연맹'에 가입함. 연맹기관지 《애국자》에 반공시 「붉은 군대는 물러가라」를 발표함. 셰익스피어의 『하므렡』을 번역하여 간행함. 12월 소설 「한류」와 「난류」를 창작했다고 북의 재판 과정에서 진술했으나 확인되지 않음.

1950년 1월 9일 보도연맹에서 주최하는 국민예술제전에서 강연함. 한국전쟁이 발발하고 인민군에 의해 서울이 함락되자 문학가동맹에 다시 가입하여 9월 10일 인민군에 자진 입대함. 인민군전선사령부 문화훈련국 7부에 근무. 근무 중 심장병을 앓아 헝가리의 지원으로 북에 세워진 병원에서 입원 치료 받음.

1951년 7월 개성 휴전회담 인민군대표단의 통역관으로 인민군 소좌 신분이 되어 참가함. 병원 치료 중 쓴 헝가리와 북한의 우정을 그린 서사시를 티보 머레이에게 주어 1952년 헝가리에서 번역 출판됨. 10월 6 · 25 이후 월북한 작가로 분류되어 저서가 발매금지 조치됨.

1953년 7월 30일 남로당계 숙청 과정에서 기소되어 8월 6일 '인민공화국 정권 전복음모와 반국가적 간첩 테러 및 선전선동행위'를 했다는 죄명으로 사형과 전재산 몰수가 언도됨. 언도 직후 임화 등과 함께 처형됨.

■ 시

1932년	「거리에서 들려주는 노래」, 《동광》, 3월
	「새 그릇에 담은 노래」, 《동광》, 4월
	「물 긷는 저녁」, 《신동아》, 8월
	「고향」, 《신동아》, 8월
	「여름이 가나보다」, 《동광》, 10월
1937년	「가을」, 《조광》, 10월
1946년	「우화」, 《자유신문》, 1월 14일
	「피수레」, 《자유신문》, 3월 4일
	「단조」, 《신세대》, 5월
	「종」, 《문학》, 7월
	「달」, 《동아일보》, 7월
	「사」, 문학가동맹주최강연회 7월
	「붉은 아가웨 열매를」, 《조광》, 8월
	「해바라기」, 《동아일보》, 11월 26일
1947년	「내 이제 무엇을 근심하리오」, 《문학》, 7월
	「태양도 천심에 머물러」, 《조선춘추》, 12월
1948년	「무제」, 《민주공론》, 4월
	「제신의 분노」, 《문학》, 7월
	「무」, 《개벽》, 8월
	「만주국」, 《신천지》, 10월
	「새해에 바치는 노래」, 《조광》, 12월
	「환산 선생께 드리는 노래」, 《한글》 104호
1949년	「붉은 군대는 물러가라」, 《애국자》

■ 소설

| 1932년 | 「단발」, 《조선일보》, 4월 27일 |

1946년	「청춘」, 《한성일보》, 5월 3일~10월 16일
	「프란씨쓰 두셋」, 《동아일보》, 12월 13일~22일 전9회 연재
1948년	「척사 제조자」, 《민성》, 1월
	「해방」, 《신세대》, 1월~5월
	「한 화가의 최후」, 《문학》, 통권 7호, 4월

■ 희곡

1932년	〈중국은 어디로〉, 《중앙일보》, 1월 1일~10일

■ 평론

1940년	「현대미국소설」, 《조광》, 10월
1941년	「토머스 울프에 관한 노트」, 《인문평론》, 2월
1946년	「김기림 시집 『바다와 나비』」, 《자유신문》, 5월 6일
1947년	「시와 창작」, 《중앙신문》, 10월 26일
	「문학과 기교」, 《중앙신문》, 10월 26일
1948년	「여성과 문화」, 《신세대》, 2월
	「시의 위치」, 《신인》, 3월
	「재일동포의 문화옹호」, 《새한민보》, 5월
	「실사구시의 시」, 《조선중앙일보》, 6월 29일~7월 1일
1950년	「함렛트에 관한 노오트」, 《학풍》, 5월

■ 대담

1948년	「홍명희 · 설정식 대담기」, 《신세대》, 5월

■ 시집

1947년	『종』, 백양당 1월
1948년	『포도』, 정음사 1월
	『제신의 분노』, 신학사 11월
1989년	『월북작가 대표문학』 14권, 서음출판사
1991년	『붉은 아가웨 열매를』, 미래사

■ 장편소설

1949년　　『청춘』, 민교사

■ 번역

1941년　　「불패자」, 헤밍웨이 작,《인문평론》, 1월

1946년　　「마의 민족」, 토마스 만 작,《문학》, 11월

1949년　　『하므렡』 윌리엄 셰익스피어 작, 백양당

|참고자료|

강용흘, 「『종』을 읽고」, 《자유신문》, 1947년 5월 6일

김광균, 「설정식 씨 시집 『포도』를 읽고」, 《자유신문》, 1948년 1월 28일

김기림, 「분노의 미학-시집 『포도』에 대하여」, 《민성》 4권 4호, 1948년 4월

김병덕, 「1948년 문화 총결산」, 《자유신문》, 1948년 12월 30일

김승환 · 신범순 편, 『해방공간의 문학-시』, 돌베개, 1988년

김영철, 「설정식의 시세계」, 《관악어문연구》, 1989년

_____, 「설정식 시의 진보적 세계관」, 『한국 현대시의 좌표』, 건국대출판부, 2000년

김은철, 「정치적 현실과 시의 대응양식」, 《우리문학연구》 31, 2010년

김용직, 『해방기 한국시문학사』, 민음사, 1989년

_____, 『현대경향시 해석/비판』, 느티나무, 1991년

김윤식, 「소설의 기능과 시의 기능-설정식론」, 『한국현대소설비판』, 일지사, 1981년

_____, 「해방공간의 시적 현실」, 『한국현대문학사론』, 한샘, 1988년

박덕근, 『해금작가작품론』, 새문사, 1991년

박윤우, 「설정식 시에 나타난 현실인식과 서사적 성격」, 『운당 구인환 선생 화갑기
       념 논총』, 한샘출판사, 1989년; 『한국 현대시와 비판정신』, 국학자료원,
       1999년

박정호, 「설정식론 : 실사구시의 정신과 장형화」, 《한국어문학연구》 15, 2002년

상민, 「복무에의 시 『제신의 분노』를 읽고」, 《자유신문》, 1949년 1월 18일

설희관, 「나의 아버지 설정식 시인」, 《시로 여는 세상》, 2004년 겨울호

_____, 「당신은 하늘의 구름이었습니다」, 신경림 외, 『아버지의 추억』, 따뜻한손,
       2006년

송기섭, 「이념과 체제 선택의 갈등-설정식론」, 《어문연구》 22, 1991년

오세영, 「설정식론-신이 숨어버린 시대의 시」, 《현대문학》 423, 1990년; 『한국 현
       대시인 연구』, 월인, 2003년

유시욱, 「설정식론」, 《시문학》, 1989년 7월

_____, 「양면가치의 비극상」, 설정식, 『붉은 아가웨 열매를』, 미래사, 1991년

이철주, 『북의 예술인』, 계몽사, 1966년

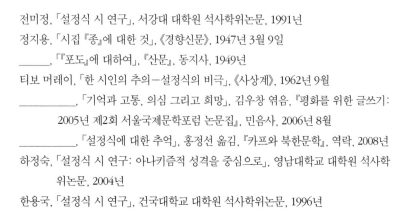

전미정, 「설정식 시 연구」, 서강대 대학원 석사학위논문, 1991년

정지용, 「시집 『종』에 대한 것」, 《경향신문》, 1947년 3월 9일

_____, 「『포도』에 대하여」, 『산문』, 동지사, 1949년

티보 머레이, 「한 시인의 추의―설정식의 비극」, 《사상계》, 1962년 9월

_____, 「기억과 고통, 의심 그리고 희망」, 김우창 엮음, 『평화를 위한 글쓰기: 2005년 제2회 서울국제문학포럼 논문집』, 민음사, 2006년 8월

_____, 「설정식에 대한 추억」, 홍정선 옮김, 『카프와 북한문학』, 역락, 2008년

하정숙, 「설정식 시 연구: 아나키즘적 성격을 중심으로」, 영남대학교 대학원 석사학위논문, 2004년

한용국, 「설정식 시 연구」, 건국대학교 대학원 석사학위논문, 1996년

한국문학의 재발견-작고문인선집

설정식 선집

지은이 ㅣ 설정식
엮은이 ㅣ 곽명숙
기 획 ㅣ 한국문화예술위원회
펴낸이 ㅣ 양숙진

초판 1쇄 펴낸 날 ㅣ 2011년 3월 10일

펴낸곳 ㅣ ㈜현대문학
등록번호 ㅣ 제1-452호
주소 ㅣ 137-905 서울시 서초구 잠원동 41-10
전화 ㅣ 516-3770
팩스 ㅣ 516-5433
홈페이지 www.hdmh.co.kr

ISBN 978-89-7275-545-6 04810
ISBN 978-89-7275-513-5 (세트)